"Lo hice por ti".

—¡Pare el carro! ¡Déjeme bajar!

Crab se apartó al costado del camino. Se volvió y agarró a Jimmy cuando éste trataba de abrir la puerta.

—Lo hice por ti. Déjame contarte qué pasó. Todo lo que pido de ti son cinco minutos. Soy tu padre.

—¡Usted no es nada! —Jimmy respiró.

UN LUGAR ENTRE LAS SOMBRAS

WALTER DEAN MYERS

Traducción de
OSVALDO BLANCO

SCHOLASTIC INC.
New York Toronto London Auckland Sydney

Original title: *Somewhere In the Darkness*

ISBN 0-590-47701-3

12 11 10 9 8 7 6 5 4 3 2 1 4 5 6 7 8 9/9

Printed in the U.S.A. 01

First Scholastic printing, May 1994

Original edition: May 1992

A Paris Griffin,
un amigo

UN LUGAR ENTRE LAS SOMBRAS

Jimmy Little se sentó al borde de la cama. Con los ojos cerrados, permaneció escuchando la lluvia que batía la ventana. Abajo, en la calle, zumbaba el tránsito. De alguna parte surgían las estridencias de un aparato de radio; había estado encendido casi toda la noche. Echó hacia atrás la cabeza y entreabrió los ojos. Se miró en el espejo. El marco de caoba, del óvalo de cristal, era casi del mismo color de su cara. Jimmy sonrió; le gustaba el aspecto que tenía por las mañanas.

—¿Jimmy? —La voz atravesó suavemente la puerta.

—Estoy levantado, Mama Jean —respondió.

—No te gustaría llegar tarde a clase hoy —dijo ella—. ¿Estás vestido ya?

—Sí.

La puerta se abrió y Mama Jean asomó la cabeza. Jimmy sonrió.

—Supongo que no pensarás ir a la escuela en calzoncillos —dijo Mama Jean.

—No, señora.

—Hay huevos en el refrigerador y un poco del jamón que compré ayer —dijo ella—. No pierdas el tiempo y vayas a llegar tarde. Ya sabes lo que dijo la maestra.

—Sí, señora.

—¿Te sientes bien? —Ella entró en el cuarto y le puso la mano en la frente—. No tienes muy buen semblante hoy.

—Esa radio estuvo encendida toda la noche —dijo él.

—Es verdad —Mama Jean abrió el cajón del tocador para ver si él tenía una camisa limpia—. No sé qué le pasa a esa gente. Bueno, prepárate para salir a tiempo hoy, ¿me oyes?

—Saldré temprano —dijo Jimmy.

Mama Jean lo besó y salió de la habitación.

Jimmy la oyó recorriendo la cocina de un lado para otro antes de prepararse para ir al trabajo; la imaginó moviendo su forma corpulenta alrededor de la mesa, arreglándose un mechón de canas, colocando en su lugar un salero o alguno de los floreros verdes con las flores que ella amaba tanto. Oyó el ruido metálico de las llaves al ser retiradas de encima del refrigerador.

—No te olvides de cerrar bien —le recomendó en voz alta Mama Jean.

—Sí, señora.

La puerta se abrió y se cerró luego tras ella. Primero un pestillo y después el otro chasquearon en las cerraduras.

Jimmy miró el almanaque pegado a su armario con cinta adhesiva. Miércoles. Mama Jean iría ahora a cuidar al bebé de los Sumner. Había estado cuidándolo desde que nació, así como había cuidado a la madre del niño años atrás. A veces, cuando no había clases, él la acompañaba a la casa de los Sumner. La señora Sumner era más joven que su maestra. Cuidar al bebé no parecía ser muy difícil. Mama Jean no era joven, pero tampoco era realmente vieja. No tan vieja, después de todo.

Jimmy miró por la ventana y vio que Mama Jean había alcanzado la esquina. Le pareció que llevaba su pequeño paraguas más alto de lo que debía. Estaba doblado de un lado, pero aún protegía de la lluvia. Ésta era menos fuerte ahora y pensó que probablemente Mama Jean no se mojaría mucho. La siguió con la vista hasta que dobló la esquina. Entonces tomó sus pantalones del respaldo de una silla y se dirigió al baño.

El agua fría en la cara le causó placer. Humedeció otra vez el paño y, echándose atrás, lo estrujó sobre la frente para escurrirlo por la cara, el cuello y los hombros. Mientras tanto, pensaba acerca de si iría a la escuela o no. Se dijo a sí mismo que no tenía ganas de ir.

"El muchacho tiene que comprender cuán importante es la educación", había dicho la maestra a Mama Jean. "Especialmente para nuestra gente".

"Yo lo voy a vigilar", había respondido Mama Jean.

Cuando llegaron a casa ese día Mama Jean le echó un sermón sobre la importancia de saber leer y escribir. Él no contestó, se limitó a escuchar. No había nada que decir; él sabía que ella tenía razón.

Jimmy vertió un poco de bicarbonato de sosa en un vaso, agregó unas gotas de agua y comenzó a cepillarse los dientes con la mezcla.

En el noveno grado se las había arreglado bastante bien, pero en el décimo todo estaba yendo mal. No podía explicarse claramente por qué. De alguna manera las cosas se estaban viniendo abajo. Ya había pasado antes y por lo general había logrado enderezar las cosas. Este año sencillamente resultaba más difícil, se dijo a sí mismo.

Usó el inodoro, terminó de lavarse y volvió entonces al dormitorio para vestirse. Llevó las prendas a la sala de estar y encendió el televisor. Mientras se ponía los calcetines prestó atención, en parte, a las noticias de la mañana. La otra parte de su mente imaginó escenas en las que se veía yendo o faltando a la escuela. En una de esas escenas se encontraba a la entrada de la escuela con el Sr. Haynes, quien le preguntaba dónde había estado.

"Enfermo", le contestó Jimmy.

"¿Tienes una nota?"

Él podía escribir la nota y poner la firma de Mama Jean, pensó. A Mama Jean le daría un ataque, sin embargo, si lo descubría. Además, se iba a sentir herida. Eso era lo peor, la manera en que ella lo miraría, decepcionada. Decidió que no escribiría la nota.

Se sirvió un tazón de cereal de maíz. Mientras se dirigía al refrigerador para buscar la leche, subió el volumen del televisor. Una cucaracha estaba trepando por la pared junto al refrigerador y desapareció detrás de un cuadro. Repugnante. Jimmy movió el cuadro y dio caza al insecto.

—¡Ju! ¡Ju! —le gritó.

La cucaracha corrió pared abajo, ocultándose detrás de la cocina. Hacía casi un año que no veía una cucaracha en la casa. Tendría que contarle a Mama Jean. Ella pondría trampas o veneno.

Había rayas que cruzaban la pantalla del viejo televisor en blanco y negro, pero Jimmy sabía que iban a desaparecer al calentarse el aparato.

Sonó el teléfono. Jimmy echó una mirada al

reloj. Probablemente era Mama Jean, llamando para asegurarse de que había ido a la escuela. No contestó.

Lo curioso era que él nunca sabía que iba a faltar a clase hasta el momento de comprobar que no estaba allí. Cada mañana pensaba que iba a ir. Entonces caminaba sin apuro por la calle McDonough y doblaba a la izquierda en vez de la derecha, o cortaba por la avenida Rockaway hacia Fulton. Si tomaba por McDonough terminaría en el campo de juegos próximo a las viviendas planificadas. Allí se encontraría con Ivory y K.C., y los tres vagarían juntos o irían a casa de K.C. para ver televisión. Si iba a Fulton, a veces continuaba hasta el centro, soñando despierto todo el camino.

Sus fantasías estaban pobladas de gente y lugares imaginarios; valientes caballeros que veníán de reinos lejanos para matar dragones y rescatar a cualquiera que necesitase ser rescatado. Sólo una vez había hablado de esos sueños. Había tomado un examen y recibió una nota muy alta, más alta de lo que todos esperaban. Como consecuencia, tuvo que ver a un psicólogo que venía a la escuela una vez al mes. Pensó que la entrevista iba a ir bien; tal vez le dirían que estaba bien que anteriormente hubiera tenido malas notas y que podía empezar de nuevo.

—Lo que nos extraña —había dicho el hombre de cabello rubio rojizo— es que a alguien tan inteligente como tú le vaya tan mal en la escuela.

Jimmy se había encogido de hombros, sin poder hallar una explicación adecuada. El psicólogo le hizo preguntas.

—¿Cómo te llevas con tu madre?

—Bien —había respondido.

—¿Tienes un padre en la casa?

—¿Qué quiere decir con eso? —había contestado, molesto.

—Oh, preguntaba no más —El psicólogo se volvió ligeramente en su silla—. Hay muchos en esta escuela que vienen de hogares con un solo padre.

—Sí —repuso Jimmy—. Nos llevamos bien.

—¿Qué clase de trabajo hace él?

—Trabaja en un garaje de autobuses. Procura que todos los autobuses sean inspeccionados una vez al mes.

—Es un buen trabajo —dijo el psicólogo—. Por lo visto tu padre también es un hombre inteligente.

Jimmy se enderezó en su silla. Tenía que escuchar con cuidado al psicólogo en caso que volviera a hacer una de esas preguntas delicadas acerca de su padre. Estaba casi seguro que él no creía que su padre trabajara en un garaje de autobuses. Trató de pensar en otras cosas que pudiera preguntar el psicólogo y en las respuestas que podría darle.

—¿Sueñas mucho? —preguntó el psicólogo.

—¿Cómo?

—¿En qué sueñas generalmente?

Tal vez fuera porque estaba pensando en preguntas acerca de su padre, o porque no esperaba que le preguntase sobre sueños. Pero el hecho es que lo había sorprendido con la guardia baja y le contó al hombre sobre sus unicornios y sus fantasías de ser un caballero andante que rescataba princesas.

—¿Sueñas con . . . unicornios, dices? . . . ¿Todas las noches?

—Mayormente, pienso esas cosas —dijo Jimmy—. No las sueño, usted sabe, como esos sueños que uno tiene por la noche.

—¿En qué sueñas durante la noche?

—No lo sé. Ni siquiera sé si sueño de noche —replicó Jimmy.

—Ya eres un poco grande para soñar despierto con criaturas imaginarias, ¿no te parece? —dijo el psicólogo.

Había una insinuación de sonrisa en su rostro. Jimmy miró el reloj de la pared detrás del psicólogo. La parte inferior de la pared estaba pintada de verde y la superior, de blanco. La línea que dividía el blanco y el verde pasaba por detrás del reloj. Jimmy volvió la vista al psicólogo. Estaba escribiendo algo en su cuaderno de apuntes. Jimmy no contestó más preguntas.

No era asunto de nadie, pensaba Jimmy, que su verdadera madre estuviese muerta. Tampoco su padre era asunto de nadie. Y las cosas con que él soñaba despierto eran asunto suyo. A los adultos a veces les molestaba la idea de que los chicos pensaran o supieran cosas que ellos no sabían. A Jimmy le gustaba dejar vagar su mente, ver pasar sus pensamientos como una hermosa película en la pantalla del cine.

"Piensas demasiado, como por dos o tres personas", le dijo una vez Mama Jean. "¡Se te va a gastar el cerebro antes de que cumplas veintiún años!"

"Eso quiere decir que me quedan seis años más para usarlo", le respondió él. "No está tan mal".

Apagó el televisor, recogió de la mesa su cuaderno de composición y salió del pequeño apartamento.

La escalera tenía estaño y se aseguró de pisar fuerte en cada escalón al bajar. No deseaba sorprender a algún drogadicto en las escaleras tomando o traficando drogas. Mejor anunciarle su presencia.

Vivían en el cuarto piso de un edificio de siete plantas. El elevador no funcionaba y el propietario había tapado con tablas las escaleras en lo alto del quinto piso. A veces podía oír gente que iba más arriba. Una vez al mes el portero llamaba a la policía para que subiera y echara a los drogadictos, pero éstos siempre regresaban.

Cuando llegó a la planta baja Cookie estaba parada frente a los buzones.

—¿Vas a la escuela? —preguntó ella.

Cookie tenía más de veinte años y era extremadamente flaca, pero aun así era atractiva.

—¿Quién eres tú, el F.B.I.?

—Si te veo en la calle se lo diré a Mama Jean —dijo Cookie, con una risita.

Jimmy miró calle abajo. La lluvia había amainado aún más pero las calles continuaban húmedas. En medio del asfaltado una mancha de aceite reflejaba tres colores distintos. Del otro lado de la calle, el señor Johnson estaba sentado en la acera, frente al bar Brownie.

—¿Estás esperando al cartero? —preguntó Jimmy.

—Ajá —asintió Cookie, mirando también calle abajo—. No sé por qué. No va a traerme nada que yo quiera.

—¿Entonces por qué lo esperas? —preguntó Jimmy.

—¿Quién eres tú, el F.B.I.?

Jimmy sonrió.

—Preguntaba no más —dijo.

—Tú y tu sonrisa seductora —dijo Cookie—. Si tuvieras cuatro años más te enseñaría un juego.

—¿Cómo sabes que yo deseo jugar?

—Porque eres un hombre —dijo Cookie—. Si no deseas jugar ahora, ya lo desearás dentro de un año. ¿Qué edad tienes?

—Dieciséis.

—¡Mentiroso!

—Casi dieciséis.

—Catorce —corrigió Cookie—. Mama Jean me lo dijo. Mira al señor Johnson allá enfrente. No sé cómo no se enferma de tuberculosis o algo.

Jimmy miró al señor Johnson. Estaba ya borracho y en ese momento trataba de pararse. Se incorporó sobre una rodilla, apoyó la espalda en un cartel de la pared y trató de deslizarse hacia arriba. El cartel anunciaba café Bustelo, y el señor Johnson tenía el hombro derecho justo sobre la B.

—Tengo que ir a la escuela —dijo Jimmy.

—¿Quieres un paraguas?

—¿Tienes uno?

—No. Te pregunté sólo porque no tengo ninguno pero quiero gastar saliva —se burló Cookie, moviendo la cabeza—. Ven, vamos a buscarlo.

Jimmy la siguió hasta su apartamento en el primer piso. Él había estado antes en su casa. A veces ella le mandaba a un recado y siempre lo recompensaba con una soda y hojuelas de papas fritas, o lo que tuviera.

El apartamento olía a polvos de talco y a cera para lustrar muebles. A Jimmy no le importaba el olor a talco, ni aun cuando el bebé de Cookie se ensuciaba y apestaba el lugar, pero odiaba el olor de la cera.

El televisor de Cookie estaba encendido y Jimmy se entretuvo mirando mientras ella buscaba el paraguas. Una mujer hablaba acerca de cierto cantante que reconquistaba su popularidad. Luego mostraron por unos segundos al cantante en un club nocturno. Jimmy lo miró bien y concluyó que no parecía muy viejo.

—Voy a casa de Nancy —le anunció Cookie—. Creo que le presté mi paraguas.

—No lo necesito —dijo Jimmy.

—¿Por qué vas a mojarte? —preguntó Cookie—. Vigílame a Kwame mientras voy a buscar el paraguas.

—No te demores mucho —dijo Jimmy—. No quiero llegar muy tarde a clase.

Cookie salió y Jimmy miró a Kwame que dormía en un rincón de su cuna. Se encaminó a la cabecera de la cuna y observó al bebé. Tenía un chupete en la boca y Jimmy se lo quitó. Mama Jean decía que si un bebé dormía con el chupete en la boca los dientes le crecerían torcidos.

Kwame agitó una pierna y empezó a mover la boca como si chupara. Jimmy estaba por darle el chupete nuevamente cuando Kwame dejó de moverse.

Jimmy se sentó y miró hasta el final el programa de televisión.

Cookie regresó con un paraguas, pequeño y de color rojo, con el que Jimmy no iría siquiera hasta la esquina, mucho menos hasta la escuela.

—Nancy no pudo encontrar mi paraguas —dijo Cookie—. Tenía éste. ¿Quieres llevarlo?

—No te preocupes —repuso Jimmy—. No llueve tanto.

Cookie dijo algo acerca de considerarse él demasiado hombre para andar con un paraguas rojo, pero Jimmy notó que se sentía frustrada porque Nancy no tenía su paraguas.

—Te vas a empapar si llega a llover más fuerte —dijo ella.

—En ese caso volveré y te pediré que me hagas una taza de té —dijo él, levantándose la chaqueta hasta el cuello.

—Pasa por aquí cuando regreses —dijo Cookie.

Cuando Jimmy llegó a la puerta de la calle había cesado de llover, pero hacía frío y estaba ventoso. Volaban papeles por la calle, entre los coches estacionados, dando contra las piernas de los que se dirigían presurosos al trabajo. Del otro lado de la calle, varios chicos rodeaban al señor Johnson. El borracho del barrio estaba apoyado contra un edificio, revisándose los bolsillos en busca de quién sabe qué.

A Jimmy ya se le había hecho tarde para la escuela. Pero estaba tratando de desarrollar una estrategia. Necesitaba saber qué hacer, cómo resolver las cosas para terminar el curso. Era el mes de marzo y le quedaban sólo unos meses. Si lograba organizarse, aunque sólo fuera por unos pocos meses, podría aprobar el décimo año y entonces, quizás, ingresar en el undécimo. Estaba muy atrasado, pero sabía que otros muchachos no iban mejor que él. Sólo que ellos no tenían mala asistencia. Así era como lo agarraban a uno. Uno podía andar mal en las clases y aun así salir adelante aunque los otros alumnos tuvieran problemas también. Pero el registro de asistencia era diferente. Lo atrapaban a uno en ese punto y, sin más, le hacían repetir el año.

El viento le daba en la cara a medida que avanzaba contra él. Le llegaron en el aire los familiares olores de ajo y plátanos fritos. Un viejo zambo estaba parado a la entrada de la tienda musulmana con su tablero de ajedrez bajo el brazo.

Oyó un grito agudo a sus espaldas y se volvió. Uno de los chicos le había arrojado algo al señor Johnson. El borracho, parcialmente lisiado, vociferaba contra los chicos amenazándolos con su mano buena. Jimmy giró sobre sus talones y se dirigió a la pequeña pandilla.

—¡Eh! —les gritó—. ¡Lárguense de aquí y déjenlo en paz!

—¿Y tú quién eres? —le desafió un muchachito, a quien Jimmy no le calculaba más de nueve años de edad.

—¡Yo soy quien te va a dar una patada en el trasero! —replicó Jimmy, empujándolo con el cuerpo.

El muchacho miró hoscamente a Jimmy, luego retrocedió. Los otros chicos comenzaron a alejarse, buscando otro motivo de diversión que no fuera el señor Johnson.

—No tienen ningún respeto —se quejó Johnson.

Jimmy se encogió de hombros.

La escuela estaba en McDonough y Gates. Al llegar, vio frente a la entrada un carro de policía. En él estaban dos agentes tomando café.

—¿Sabes qué hora es? —le gritó el señor Haynes desde lo alto de las escaleras. Tenía un radioteléfono en la mano—. ¿Y cuándo fue la última vez que asististe a clase?

—Mi madre avisó a la enfermera —dijo Jimmy.

—¿Traes una nota del médico?

—Ya le dije que mi madre llamó a la enfermera —repuso Jimmy, tratando de pasar junto al subdirector.

El señor Haynes puso su ancha mano frente al pecho de Jimmy y señaló en dirección a la oficina.

—Espérame allá adentro.

Jimmy pensó en dar media vuelta y marcharse, pero se encaminó a la oficina. Había allí otros cuatro muchachos y dos muchachas.

—Nos van a mandar a todos a casa —sentenció Randy Johnson, sentado en un rincón comiendo un sandwich.

—No me importa —dijo Jimmy.

—Yo no hice nada —dijo Rosalind Epps, una muchacha corpulenta que ocupaba desgarbadamente más de la mitad del banco —. Ni siquiera sé por qué estoy aquí.

—Llegaste tarde —dijo Jimmy.

—¡No, no es verdad! —protestó Rosalind.

—Ella no llegó tarde —dijo Randy—. El señor Haynes simplemente nos escogió a ella y a mí y nos dijo que viniéramos aquí. Fuimos los primeros en la oficina y hoy llegamos temprano y todo.

Jimmy no les creyó, pero no dijo nada. No había razón para que estuvieran en la oficina si habían llegado a tiempo.

El señor Haynes entró en la oficina con otros tres muchachos. Seguidamente circuló la hoja de conducta y todos hubieron de firmarla.

—¿Qué hiciste tú? —preguntó Rosalind al muchacho de piel clara que había entrado con el señor Haynes.

—Yo no hice nada —fue su respuesta— Sencillamente me escogieron. Creo que tenemos que buscar algunos materiales, libros o algo así. Porque el señor Haynes le preguntó algo a la maestra y ella me mandó aquí con él.

Afuera la lluvia estaba arreciando nuevamente. Salpicaba contra la ventana, haciendo dibujos en el vidrio escarchado de suciedad.

El señor Haynes tomó la hoja firmada y se la llevó a la oficina interior.

—¿Qué *hice* yo? —le gritó Rosalind.

El señor Haynes cerró la puerta.

—¿Dónde te habías metido? —preguntó Maurice Douglass, asomando la cabeza desde el pasillo.

—He estado ocupado —respondió Jimmy a su amigo.

—¿Te enteraste que Tony "D" acuchilló a Billy?

—¿Baloncesto Billy? —preguntó Jimmy.

—Sí. Estaba fastidiándolo en el comedor y Tony "D" lo acuchilló.

—Había policías por todas partes —agregó Rosalind—. Estuvieron revisando los armarios de la gente y todo. No tienen derecho a hacer eso sólo porque alguien acuchilló a un tipo.

El señor Haynes asomó la cabeza por la puerta.

—¡Maurice, vete arriba a tu clase!

—Sí, señor. Está bien, señor jefe —. Maurice hizo una ceremoniosa reverencia y se marchó.

—Jimmy, tú puedes ir arriba a tu clase. Los demás se callan la boca y se quedan quietos hasta que yo les diga.

—¿Cómo es que él puede subir si llegó tarde? ¡Yo lo vi cuando entró! —estaba protestando Rosalind mientras Jimmy salía de la oficina.

Pensó que Rosalind probablemente había hecho algo el día anterior. Quizás al revisar los armarios habían encontrado algo en el de ella. Alcanzó a Maurice y le preguntó cuándo había ocurrido el incidente.

—Anteayer —dijo Maurice—. Pero fíjate en esto. Tony sólo le hizo un rasguño al tipo y éste se puso a gritar como si le hubieran atravesado el corazón.

—¿De verdad?

—Sí. Oye, ¿quieres jugar a la pelota esta noche?

—No sé.

—¿Dejaste el juego de pelota, o qué —Maurice lo miró de soslayo—. Jugamos contra Richie y su equipo.

—Depende de cómo me sienta —dijo Jimmy.

—No vas a jugar —vaticinó Maurice—. Te estás convirtiendo en un tío falso.

Jimmy entró en su aula. La señorita Cumberbatch estaba parada frente a la clase y todo el mundo estaba sentado y en silencio. Jimmy trató de no mirarla. Todos los pupitres estaban despejados y él puso su cuaderno en el suelo.

—Hoy vamos a tener pruebas —dijo la señorita Cumberbatch.

Seguro. Ahora Jimmy comprendía por qué a Rosalind la tenían abajo en la oficina. Estaban excluyendo a todos los que podían salir mal en las pruebas. Ellos sabían que él aprobaría y por eso lo habían dejado subir a su clase. Eso era bueno, pensó. Tal vez al día siguiente se olvidarían de que había faltado a clase toda la semana.

El examen era difícil. Constaba de cuatro partes, dos de inglés y dos de matemáticas. El examen de matemáticas era más fácil que el de inglés.

Hacia la mitad del examen recordó que no había traído dinero para el almuerzo. Buscó en los bolsillos para ver si le quedaba algo del día anterior. Nada. Tendría que pedir prestada la tarjeta de almuerzo de alguien y esperar que no le tocara algún necio a la entrada del comedor.

El examen terminó quince minutos antes de la hora del almuerzo, y la señorita Cumberbatch dijo que tenían libre el resto del día.

—El que quiera puede ir a almorzar —dijo—, pero no están obligados.

Jimmy pensó en ir a almorzar porque tenía hambre. Cerca del comedor vio a Maurice y a Chris Clarke. Probablemente buscaban compañeros para jugar a la pelota. Jimmy no quería. Hubiera podido conseguir que le prestaran unas zapatillas, pero decidió irse a casa.

—Hola, Shirley, ¿cómo te va?

—Pero, ¿dónde te habías metido, Jimmy Little? —Shirley era una de esas muchachas a quienes siempre les iba bien. Era alta, casi tan alta como él, e iba a la misma iglesia.

—Estuve enfermo —mintió Jimmy.

—No te veo cara de enfermo —dijo ella.

—¿Me prestas tu cuaderno para ponerme al día con los apuntes? —preguntó él.

—No hemos hecho nada en los últimos días, salvo repasar para este examen —dijo Shirley—. ¿Qué tenías?

—No me sentía bien —replicó Jimmy—. No fui al médico. Quizá vaya esta tarde.

—¿Vienes a la escuela mañana?

—Si no tengo algo muy malo —dijo él, sonriendo.

—Hasta luego, enfermito —Shirley lo saludó con la mano y se alejó por el pasillo.

Jimmy había estado más cansado que enfermo. Una curiosa forma de cansancio, no la que causa jugar a la pelota. No le dolían los músculos, ni sentía cansados los brazos y las piernas. Parecía venir de adentro. Era casi como si el cansancio creciera dentro de él. Por las mañanas, al levantarse, se sentía sin ganas de hacer nada. No sabía por qué.

Una mañana, después de marcharse Mama Jean, Jimmy había tratado de concentrarse en cada parte de su cuerpo para ver si esa parte estaba bien. Se concentró primero en los pies y continuó hacia la cabeza. Nada le dolía. Nada parecía estar mal, pero tampoco estaba bien del todo. Solamente andar de un lado a otro de la casa significaba un esfuerzo.

La televisión ayudaba. Era como estar haciendo algo cuando no hacía nada. Podía sentarse a mirar películas o programas viejos, como *Yo amo a Lucy*, donde nadie parecía saber nada de nada. Todo sorprendía a los personajes, mientras que la gente que veía las películas sabía siempre lo que iba a ocurrir. Cuando las películas eran así, parecía que uno formaba parte de ellas.

Lamentó no haber conseguido el cuaderno de Shirley. Él había dicho que deseaba ponerse al día con las notas, pero en realidad apenas hacía apuntes aun cuando estaba en clase.

El señor Johnson estaba tendido en el suelo enfrente del edificio. Si no se levantaba antes de que los niños salieran de la escuela se iba a ver en un lío. Los chicos no sabían comportarse. Jugarían con un borracho igual que con una pelota encontrada en la calle.

—¡Jimmy! ¡Ven aquí, pronto! —Cookie estaba a la entrada de la casa.

—¿Qué pasa?

—Vino alguien a verte —dijo Cookie —. Un hombre alto. Dijo que te conocía. Yo nunca lo había visto por aquí.

—¿Hace mucho tiempo? —preguntó Jimmy.

—Poco después de que te fuiste —respondió Cookie.

—¿Dejó algo en el buzón?

—Yo creo que él todavía está arriba.

—¿Arriba, dónde? —quiso saber Jimmy.

—Arriba —dijo Cookie—. No le vi bajar. Yo entré para darle una vuelta a Kwame, pero no tomé más de un minuto.

—Probablemente es alguien de la escuela —dijo Jimmy—. Nada importante.

—¿Todavía quieres el té? —preguntó Cookie, aliviada de ver que Jimmy no le daba importancia a la visita del hombre.

—Acaso más tarde —dijo Jimmy—. ¿Has visto a Mama Jean?

—No.

—Hasta luego —se despidió Jimmy.

Subió las escaleras rápidamente. Ellos poseían una sola llave del buzón, la cual Mama Jean mantenía encima del refrigerador. Si alguien había venido de la escuela, también podrían haber mandado una nota, pensó Jimmy.

Alcanzó el cuarto piso, buscó en los bolsillos hasta dar con la llave y abrió lentamente la puerta. Si Mama Jean había llegado cansada tal vez se había olvidado de mirar en el buzón.

—¡Mama Jean! —llamó.

No hubo respuesta.

—¿Mama Jean? —volvió a llamar, mirando en el dormitorio de ella. Estaba vacío. Entró en la cocina, tomó la llave de la cesta encima del refrigerador y bajó las escaleras, saltando los escalones de tres en tres. Abrió el buzón. Había tres cartas: una tarjeta de la Joyería Herbert, la cuenta de la electricidad y un anuncio de Macy's. Nada de la escuela.

—¿Cómo estás?

La voz sobresaltó a Jimmy. Al volverse vio a

un hombre alto y delgado apoyado contra la pared.

—Estoy bien —dijo Jimmy, tratando de bajar la voz para parecer mayor.

—Tu apellido es Little, ¿no? —preguntó el hombre.

—Sí —dijo Jimmy—. ¿Quién es usted?

—Soy tu padre —contestó el hombre.

El hombre era alto, y tan delgado que Jimmy podía ver el contorno de los huesos del hombro a través de la camisa verde oscuro que llevaba. Tenía una extraña manera de mirar hacia arriba con la cabeza baja. Jimmy abrió la boca para que el hombre frente a él no se diera cuenta que estaba respirando muy rápido. Retiró la llave del buzón.

—Ya sé que no me recuerdas —dijo el hombre. Hablaba en voz baja y de tono uniforme, de modo que Jimmy tenía que esforzarse para oírlo.

—¿Cómo le va? —preguntó Jimmy. Las palabras le salieron en un tono más alto de lo que habría deseado.

—Creo que bien —dijo el hombre—. Cuánto has crecido.

—¿Cómo me llamo yo? —sondeó Jimmy.

—Tu nombre es Jimmy.

—En realidad es James.

—No —dijo el hombre—. Es Jimmy, porque así se llamaba el hermano de tu madre. Tú llevas su nombre.

—Yo creía . . . —dijo Jimmy, buscando las palabras adecuadas—. Mama Jean dijo que usted estaba . . . lejos.

—Estoy libre ahora —dijo el hombre.

—¿Quiere subir?

El hombre sonrió.

—¿Cómo sé yo que eres realmente mi hijo? Podrías ser uno de esos asaltantes que atraen a la gente a su apartamento y luego le roban el dinero.

—Usted fue quien dijo que era mi padre —repuso Jimmy.

—¿Te acuerdas de mi nombre?

—¿Cuál es?

—Cephus, pero no me llaman así.

—¿Crab?

El hombre asintió con la cabeza y Jimmy creyó ver, en la claridad que entraba por la ventana, un cierto brillo en sus ojos, antes de que se diera media vuelta. Al momento siguiente se volvió hacia Jimmy.

—Supongo que podemos subir y sentarnos un rato.

Jimmy no estaba seguro. El hombre sabía cómo se llamaba su padre, incluso su sobrenombre, pero no guardaba parecido con la foto en el álbum de Mama Jean. Era flaco, quizá fuera un drogadicto.

—Tienes miedo de dejarme entrar —dijo el hombre, apoyándose en la barandilla. Está bien. Podemos esperar a que Jean llegue a casa.

Jimmy se adelantó para subir las escaleras. No sabía qué pensar. En cierto modo sentía miedo, pero no estaba seguro por qué. Mama Jean le había dicho que su padre estaba en la cárcel. No había mencionado que estuviera por salir un día de éstos. Cuando llegaron al apartamento, Jimmy pensó qué iba a hacer si el hombre no era su padre e intentaba algo malo. Tenía una forma rara de caminar; Jimmy pensó que seguramente podría correr más rápido que él.

Abrió la puerta con su llave. El hombre se alejó unos pasos y, por un momento, Jimmy creyó que se marchaba, pero lo que hizo fue recoger de las escaleras una chaqueta y un paquete que Jimmy no había notado antes, y volvió a la puerta.

—¿Usted estuvo aquí arriba antes? —le preguntó Jimmy.

—Hace un rato —dijo él.

Jimmy se hizo a un lado para dejarlo pasar. El hombre entró, echó una mirada alrededor e inclinó la cabeza en señal de aprobación.

—¿Cuándo salió?

—La semana pasada —dijo el hombre—. Me

llevó un tiempo resolver qué quería hacer. ¿Tienes café o algo para tomar?

—Puedo preparar café —dijo Jimmy—. Primero tengo que poner los libros en su sitio.

—Sí, está bien —. El hombre se sentó en una silla junto a la mesa de la cocina y estiró las piernas.

Jimmy entró en el dormitorio de Mama Jean, miró debajo del atril de la Biblia y encontró el álbum de las fotos. Volvió rápidamente las páginas, pasó por alto la foto en uniforme de soldado porque era demasiado oscura, y entonces encontró la que buscaba. La foto mostraba un hombre alto, de buen físico, apoyado contra un automóvil. A su lado estaba una mujer, y junto a ella, Mama Jean. La mujer en medio de los dos era su madre.

El hombre de la foto no se parecía mucho al que estaba en el otro cuarto, excepto por la frente ancha y por la manera de inclinar la cabeza hacia adelante y mirar hacia arriba.

—¿Se parece a mí?

Jimmy dio un salto y cerró de golpe el álbum.

—Deja ver —dijo el hombre.

Jimmy volvió a pasar las páginas, esta vez lentamente, hasta dar con la foto. Entonces se la mostró al hombre.

—Tu mamá y yo pensábamos comprarnos un carro —dijo el hombre, levantando el álbum —.

Fuimos al Bronx y miramos algunos, y calculamos cuánto necesitaríamos para el pago inicial. Conversamos acerca de cómo conseguir el dinero, creo que eran unos cien dólares, pero no en serio porque no teníamos los cien dólares. Dolly se lo dijo a Jean y ella dijo que tal vez entre todos podríamos comprar el carro. Jean y tu mamá eran muy unidas.

—¿Lo compraron?

—No, cuando reunimos el dinero tu mamá quiso comprar un juego de sala de estar, y eso fue todo. Ya sabes cómo se pone una mujer con esas cosas.

Jimmy miró la foto una vez más, luego se dirigió a la cocina. Encontró la cafetera y empezó a poner cucharadas de café en el filtro.

—¿Cómo es que no escribió y nos hizo saber que venía? —preguntó mientras llenaba la cafetera con agua del grifo.

—No sabía qué quería hacer —explicó Crab—. Sacó un pañuelo, se cubrió la boca para toser y luego escupió en él.

—Hay pañuelos de papel sobre la mesa —ofreció Jimmy.

—No me imaginaba que ibas a estar tan grande —dijo Crab—. ¿Sabes? . . . Tenía metido en la cabeza que, al verte, te iba a alzar y sentar sobre el refrigerador. ¿Te imaginas, yo tratando de alzarte y ponerte encima del refrigerador?

—¿Ponerme dónde . . .? —No terminó de pronunciar las palabras cuando le vino a la mente una imagen de él mismo sentado sobre el refrigerador, mirando hacia abajo y tratando de alcanzar a alguien.

—Yo acostumbraba hacer eso contigo cuando eras pequeño —dijo el hombre.

—¡Oh!

—¿Cómo te está yendo en la escuela y demás?

—Bien —Jimmy acabó de poner agua en la cafetera y colocó ésta sobre el hornillo. Notó que el hombre lo estaba observando—. A veces preparo el café para Mama Jean —dijo.

—¿Tienes catorce años ahora?

—Casi quince —dijo Jimmy—. Los cumplo en dos meses.

—Ajá, está bien.

—Bueno, ¿decidió ya qué es lo que va a hacer? —Jimmy redujo la llama del hornillo hasta que dio un resplandor uniforme bajo la gastada cafetera de aluminio.

—Sí —dijo el hombre—. He pensado que tú y yo podríamos viajar un poco por el país.

Llamaron a la puerta y el hombre, por un momento, se puso tieso. Luego, levantando la mano hacia Jimmy, dijo:

—Quiero darle la sorpresa a Jean.

Se puso de pie rápidamente y pasó al otro

cuarto. Jimmy se asustó un poco. Vio que la puerta se cerraba y volvía a abrirse ligeramente. Otra vez llamaron a la puerta del apartamento.

—¿Quién es? —gritó Jimmy.

—Cookie.

Jimmy abrió la puerta.

—¿Estuvo aquí el tipo de la escuela? —preguntó Cookie. Recostó el cuerpo contra el marco de la puerta de modo que hacía sobresalir una cadera.

—No, era alguien que conozco —dijo Jimmy.

—¡Oh! —murmuró Cookie, con una inclinación de cabeza—. Dile a Mama Jean que estoy preparando berzas y que si quiere un poco puede enviarte abajo a buscarlas. ¿Está bien?

—Sí.

—Jimmy, no te pongas a mirar televisión y vayas a olvidarte de decirle a Mama Jean, porque me pasé toda la tarde limpiando esas berzas —insistió Cookie.

—No me olvidaré —prometió Jimmy.

Cookie le amenazó, bromeando, con el dedo y se dirigió a las escaleras.

—Tal vez sea mejor que no la sorprenda a Jean —dijo el hombre cuando Jimmy hubo cerrado la puerta.

—A ella no le gustan las sorpresas —advirtió Jimmy—. Especialmente cuando la asustan.

—Sí, tienes razón —dijo el hombre.

—¿Qué quiso decir con eso de viajar por el país?— preguntó Jimmy.

—Tú sabes dónde he estado, ¿no?

—Sí.

—Bueno, yo me lo pasaba imaginando lo que debías pensar de mí. ¿Comprendes lo que quiero decir?

—Yo no pensaba nada acerca de usted —dijo Jimmy. Tomó dos rebanadas de pan, las untó con mantequilla y las puso en el horno—. Tenemos mermelada y otras cosas. ¿Quiere un poco?

—Sí, está bien.

Jimmy sacó la mermelada del refrigerador.

—A mi modo de ver, si mi padre estuviera en la cárcel yo pensaría acerca de él —dijo el hombre—. La gente debe haberte dicho cosas horribles de mí.

A veces, encontrándose solo, Jimmy meditaba sobre lo que le había contado Mama Jean. Había habido un asalto, en el que mataron a varios hombres. Imaginaba a su padre allí, plantado con las piernas separadas, empuñando un revólver y disparando a la gente.

—Mama Jean simplemente dijo que usted necesitaba dinero y cometió una equivocación —dijo Jimmy.

—¿Qué clase de equivocación?

—Pegar tiros a la gente y cosas así —Jimmy lo miró directamente.

—¿Y si yo te dijera que no lo hice? ¿Me creerías?

—Si usted lo dice, supongo que sí —Jimmy fue a la ventana y miró hacia abajo. Un perro empapado por la lluvia caminaba hacia el frente del edificio, huyendo, con la cola entre las patas, de dos niños que avanzaban por la calle.

—¿Crees que realmente no lo hice o piensas que es lo que digo?

—Todos decimos que no hemos hecho nada —sentenció Jimmy—. Pero a uno no lo meten en la cárcel por nada.

—Por eso es que vine aquí —dijo el hombre—. Me imaginaba que estarías convencido de que un día salí de casa y maté a alguien. Tú no sabes qué pensar de mí. Ni siquiera sabes cómo llamarme.

—¿Qué quiere decir?

—¿Cómo se llama esa muchacha que estuvo aquí hace un rato?

—¿Cookie?

—Tú la llamas por su nombre. Y te oigo hablar de Mama Jean. ¿Cómo te parece que deberías llamarme a mí?

Jimmy lo miró y bajó otra vez la vista hacia la calle. Lamentaba haberlo dejado entrar en la casa.

—¿Cómo se supone que deba llamarlo?

—Puedes llamarme Crab —dijo el hombre—. He pensado en ello, y así es como me llaman mis amigos. Tal vez podamos llegar a ser amigos. ¿Qué te parece?

Mama Jean venía caminando por la calle. Jimmy no dijo nada.

El café estaba casi listo. Ajustó la llama del hornillo y se preguntó si habría leche en el refrigerador. Comprobó que sí había.

Jimmy pensó en bajar y avisar a Mama Jean acerca del hombre. Hubiera deseado saber a ciencia cierta qué hacer.

—Entonces, tú me llamas Crab y yo te llamaré Jimmy —continuó Crab—. ¿Te parece bien?

—Está bien —repuso Jimmy.

—Sabes. . . tengo mucho que decirte sobre cuánto lamento no haber escrito y cosas por el estilo.

—¿Puede uno escribir cuando quiere en la cárcel?

—Sí, es casi lo único que se puede hacer cuando uno quiere —dijo Crab—. Yo te escribí un par de cartas, pero nunca las envié.

—¿Por qué no?

—Casi nunca sabía qué decir —explicó Crab—. Pero entonces, cuando lograba escribir lo que deseaba, al leerlo no me parecía bien. Tú comprendes, no es fácil escribir ciertas cosas.

A Jimmy le hubiera gustado mirarlo bien sin que él lo viera. Le hubiera gustado pararse con él ante un espejo y ver si se parecían. Pero sabía que Crab lo estaba mirando, observando cada uno de sus movimientos. Se sentía inquieto.

—Así que está contento de estar libre, ¿no?

—Sí. Estoy contento. Es natural alegrarse de poder salir de ahí —dijo Crab—. La cárcel no es un sitio para pasar la vida. Es peor que ser esclavo.

—Un amigo mío dijo que en la cárcel hay muchos musulmanes.

—Hay personas de muchas religiones —declaró Crab—. La gente tiene un montón de tiempo para pensar en sí misma. Cuando estás en la cárcel, sin mucho que hacer, empiezas a pensar en todo lo que debiste pensar mucho tiempo antes.

Jimmy bajó dos tazas y las puso en la mesa.

—¿Bebes mucho café? —preguntó Crab.

—Sí. Ahí viene Mama Jean. No es bueno que trate de sorprenderla ni nada parecido —previno Jimmy.

—¿Viene ahora?

—Sí —Jimmy oyó el crujido de las escaleras y fue hacia la puerta. Miró a Crab, quien se había puesto tenso otra vez, erguido en la silla y sosteniendo su taza con las dos manos.

Jimmy abrió la puerta antes que Mama Jean llamara.

—Espero no haberme olvidado de que necesitábamos leche o alguna otra cosa, muchacho —Mama Jean traía una bolsa de compras, de la cual sobresalía un atado de apio.

—Está Crab aquí —anunció Jimmy.

—¿Quién? —Mama Jean se paró en el umbral, luego vio a Crab—. ¡Bueno! ¡Vaya si . . .! ¿Cuándo llegaste, hombre?

—Hace dos horas —Crab se paró, pasó del otro lado de la mesa y abrazó a Mama Jean.

—¡Oh, cielos! —Mama Jean echó el cuerpo atrás—. ¡Déjame verte! ¡Oh, cielos!

Jimmy observó mientras los dos se abrazaban. Mama Jean sacudía la cabeza y daba palmadas a Crab en el hombro.

—¿Cuándo saliste? ¡Hijo, tenemos que hacer una fiesta o algo! ¿Sabes que Sonny vive todavía calle abajo? ¿Lo llamaste?

—No —Crab meneó la cabeza—. No puedo quedarme. Me ofrecieron un trabajo en Chicago y tengo que aceptarlo. Sólo vine a buscar a Jimmy.

—¿Qué? —Mama Jean encontró una silla y se dejó caer pesadamente. Miró a Crab, después a Jimmy, y se volvió a Crab—. Oh, no, Crab, no me digas que vas a llevarte a Jimmy.

—Tengo que tomar ese trabajo, Jean —dijo Crab—. Fue una de las condiciones de ponerme en libertad.

—Bueno, ¿no puede él esperar hasta . . .? —Mama Jean se levantó, agarró otra vez a Crab y comenzó a abrazarlo—. Podemos hablar de eso más tarde, mañana o cualquier otro día. ¡Pero ahora, déjame verte!

—Tengo que partir esta noche —dijo Crab.

Mama Jean respiró profundamente y se enderezó. Jimmy observó que tenía apretadas las comisuras de la boca mientras miraba a Crab. La corpulenta mujer se volvió hacia el fregadero, abrió el grifo y comenzó a lavarse las manos mientras canturreaba.

—He estado en la cárcel casi nueve años —dijo Crab—. No puedo hacer nada que los contraríe y dé motivo para que me manden de vuelta. Si ellos quieren que esté trabajando para el fin de semana, tengo que hecerlo, y eso es todo.

Mama Jean seguía canturreando. Abajo, en la calle, el murmullo del motor de un autobús que pasaba pareció contestar el canturreo de Mama Jean.

—¿Tiene que trabajar en Chicago? —preguntó Jimmy.

—Tendría que estar ya en camino —dijo Crab, volviéndose en la silla de modo que Jimmy no podía verle la cara—. El autobús tarda una eternidad en llegar allá. Pensé que una vez que empezara a trabajar, no me permitirían dejar el trabajo para venir aquí a buscar a mi hijo.

—Oh —Jimmy fijó la mirada en la espalda de Mama Jean. Sus hombros se alzaban y hundían con su respiración mientras limpiaba el mostrador.

—¿Qué piensa usted, Mama Jean?

—El fregadero está tapado otra vez —dijo ella—. El portero vino varias veces a arreglarlo, pero sigue dañado.

—¿Tienen algunas herramientas? —preguntó Crab.

Mama Jean abrió un cajón, extrajo una llave inglesa y la puso sobre el tablero.

—No derrames agua por el piso —recomendó ella.

Crab se recostó en el piso frente al fregadero y miró desde abajo. Había paños y veneno para cucarachas en el estante de la puerta; los sacó y los colocó en el piso.

Mama Jean se sentó a la mesa y miró a Jimmy. Cuando éste la miró a su vez, tratando de leer en su rostro lo que estaba pensando, ella apartó la vista.

—Este fregadero es muy viejo —estaba diciendo Crab.

—Si no puedes arreglarlo, llamaré al portero mañana —dijo Mama Jean.

—Sólo necesito abrir la tubería —dijo Crab.

Jimmy observó como Crab ajustaba la llave inglesa a la tuerca de la tubería. La primera vez que intentó aflojar la tuerca, la llave le resbaló de la mano y golpeó contra el costado del fregadero, y Crab maldijo entre dientes. Jimmy miró nuevamente a Mama Jean, quien tenía ahora los labios apretados.

El viento empezaba a soplar con más fuerza, golpeteando los cristales flojos de la ventana. Jimmy se preguntaba qué podía hacer.

—¿Tienes decidido quedarte en Chicago? —preguntó Mama Jean.

—No si puedo evitarlo —repuso Crab. Se volvió y miró a Mama Jean. El sudor le abrillantaba la frente y se lo enjugó con la punta de los dedos—. Nunca me gustó Chicago.

—¿Entonces por qué vas allá a trabajar?

—¿Escribí un montón de cartas pidiendo trabajo —dijo Crab. Estaba sentado en el piso con las piernas cruzadas, inclinado hacia adelante—. La mayoría de las veces ni siquiera me contestaron. Así que cuando recibí una respuesta que podía presentar a la Comisión de Libertad Condicional, la presenté enseguida. Si uno deja pasar más de tres meses, no toman en cuenta la oferta de trabajo porque calculan que ya no está disponible.

Comenzó a aflojar la tuerca de la tubería. Luego miró en torno y preguntó a Jimmy si tenían una lata vieja o algo para recoger el agua.

—Trae la lata de la grasa —dijo Mama Jean—. No hay casi nada en ella.

Jimmy abrió la puerta del congelador y tomó la lata de café que Mama Jean utilizaba para guardar la grasa. Ella tenía razón, sólo había un poco en el fondo. Entregó la lata a Crab.

—Entonces supongo que no voy a verlo más, ¿eh? —dijo Mama Jean.

Algo frío se apoderó del estómago de Jimmy y lo retorció. Miró a Mama Jean y después a Crab. Éste tenía la cara vuelta hacia el fregadero. Desde donde estaba parado, Jimmy observó como Crab terminaba de aflojar la tuerca con los dedos. El agua empezó a caer; parte de la misma corrió por el brazo de Crab antes de que éste alcanzara a poner la lata debajo. La lata se llenó rápidamente y rebasó un poco.

Crab depositó la lata en la base del fregadero y secó el agua derramada en el piso.

—Jean, quiero tener un trabajo y normalizar mi situación —dijo Crab, terminando de secar el agua. Se volvió hacia ellos, apoyándose en un brazo—. Usted ha cuidado de Jimmy todo este tiempo, espero que no piense que trato de quitárselo.

—Te lo llevas a Chicago —señaló ella con tono cortante.

—Necesito pasar un tiempo con el muchacho —alegó Crab. Echó un vistazo a Jimmy—. Necesito tener una familia por algún tiempo. Después que me organice un poco, que consiga atar los cabos sueltos, entonces quizá pueda hacer que nos reunamos todos como familia.

—Yo no necesito que me des una familia — dijo Mama Jean—. Y tampoco necesito que le des a Jimmy una familia.

—Ya lo sé —dijo Crab. Se secó las manos con el paño que había usado para limpiar el piso—. No soy tonto. Sé que estoy hablando de lo que necesito yo.

—¿Cuánto te tomará organizar tu vida? —preguntó Mama Jean.

—No lo sé —respondió Crab—. Pero tan pronto como pueda empezaré a pensar acerca de volver a Nueva York. Entonces buscaré vivienda por aquí para Jimmy y para mí, o él podrá quedarse con usted.

—¿Y suponiendo que no logres organizarte? —preguntó Mama Jean.

—Entonces dejaré a Jimmy que vuelva aquí. Le compraré un boleto de tren o de avión. Usted sabe que no sería capaz de perjudicar al muchacho.

Crab metió los dedos en el fondo de la tubería, hurgó allí como si buscara algo y extrajo un tenedor, que estaba ligeramente retorcido y con pelo entrelazado.

—Deja ver ese tenedor —pidió Mama Jean.

Jimmy lo tomó y se lo mostró a Mama Jean.

—Ni siquiera recuerdo haber visto ese tenedor —dijo Jimmy, con voz que le sonó extraña.

Mama Jean lo miró y le dio unas palmaditas en la mano.

—Crab, si no tratas bien a este chico, tendrás que vértelas conmigo.

—Es mi hijo, Jean —dijo Crab.

—¿Por qué no sales mañana por la mañana?

—No puedo presentarme tarde a ese trabajo —repuso Crab.

—Voy a preparar algo para comer —dijo Mama Jean.

A Jimmy le dolía terriblemente el estómago. Fue a su cuarto y se puso a mirar los libros de la escuela. Las palabras se le aparecían borrosas. De afuera del cuarto le llegaban las voces de Mama Jean y Crab. Mama Jean decía cosas como que él debía cuidar que Jimmy no tuviera problemas y Crab contestaba que no los tendría. Además del dolor de estómago, Jimmy tenía ahora dificultad para respirar. Recordó sus ataques de asma de cuando era pequeño. Solía estarse de pie cuando comenzaban los ataques porque pensaba que se podía morir si estaba acostado.

Mama Jean entró en la habitación. Jimmy se volvió para mirarla. Estaba sacando una maleta del armario.

—¿Mama Jean?

—¿Sí? —Ella no lo miró. Él dirigió la vista al espejo de su cómoda y vio las lágrimas que bajaban por la cara de Mama Jean.

—¿Usted cree que debo ir?

—Es tu padre —dijo ella. Apretó la boca para contener los sollozos que le hinchaban la garganta—. Esto es tan repentino que me cuesta pensar.

—¿Usted cree que debo ir? —repitió Jimmy.

Mama Jean fue hacia él y atrajo su cabeza contra su pecho.

—Ve con él, corazón —dijo—. Pero acuérdate que siempre tendrás tu casa aquí con Mama Jean. Si las cosas te van mal, quiero que vuelvas enseguida aquí. Y si tú no puedes venir, yo iré a buscarte dondequiera que estés. ¿Me entiendes?

Le tomó la cabeza en una mano y lo miró. Tenía la boca contraída y el rostro surcado de lágrimas. Jimmy le pasó los brazos alrededor de la cintura y se apretó con fuerza contra ella.

Mama Jean lo apartó y le miró a los ojos.

—¿Me entiendes, cariño? —dijo—. Mientras me quede aliento en el cuerpo, tendrás tu casa conmigo. —¿Comprendes?

—Comprendo, Mama Jean.

Jimmy se sentó en el rincón del cuarto mirando por la ventana mientras ella le preparaba la maleta. Todo sucedía demasiado repentinamente. No sabía qué pensar. Mama Jean se acercó y le enjugó la cara con el borde del cubrecama. Forzó una sonrisa a través de las lágrimas.

—Hemos sido fuertes durante todos estos años —dijo ella—. Seguiremos siendo fuertes, ¿verdad?

Jimmy asintió con la cabeza. Siempre que algo iba mal, Mama Jean decía lo mismo: serían fuertes. Y hasta entonces lo habían sido.

Mama Jean hizo pollo frito y arroz a la española, y luego bajó a buscar un poco de las berzas que Cookie había preparado. Cookie subió con ella; Jimmy pensó que era para ver a Crab, pero no se quedó mucho tiempo.

Comieron en silencio y luego, cuando Jimmy se levantó a lavar los platos, Mama Jean lo detuvo. Jimmy y Crab siguieron sentados a la mesa mientras Mama Jean acababa de empacar las cosas de Jimmy.

Jimmy se sentía mal. No sabía qué decir o aun si debería ir con Crab o no. Podía sencillamente correr a la calle y desaparecer hasta que Crab se marchara. Mama Jean había dicho que él podía regresar si las cosas no resultaban bien, y eso era bueno.

—¿Quieres llevar tus libros de la escuela? —preguntó Mama Jean.

Jimmy asintió con la cabeza. Mama Jean recogió los libros de la mesita del teléfono y los puso en la maleta. Cuando cerró ésta, Crab se levantó y dijo que era hora de marchar.

—Todo irá bien, Jimmy —añadió.

Cuando llegó el momento de despedirse, Crab abrazó a Mama Jean y luego Jimmy fue hacia ella. Se abrazaron, ella lo besó y seguidamente Jimmy bajó las escaleras detrás de Crab en tanto que Mama Jean apartaba la vista.

Había varios muchachos sentados en la escalera de entrada escuchando música de una grabadora cuando Crab y Jimmy llegaron a la puerta. Empezaron a caminar calle abajo cuando oyeron a Mama Jean llamando. Jimmy se detuvo y miró hacia la ventana.

—¡Aquí tienes otro libro! —gritó ella.

—¿Lo necesitas? —preguntó Crab.

—Sí —dijo Jimmy, dejando la maleta en el suelo.

Fue hasta la escalera de entrada y extendió las manos para que Mama Jean arrojara el libro. Ella le hizo señas para que subiera a buscarlo y desapareció de la ventana.

Jimmy miro a Crab, quien lo había seguido.

—Sencillamente, no puede dejarte ir —dijo Crab. Su voz sonaba más dura—. Vámonos o te retendrá toda la noche.

—Sólo me tomará un minuto —dijo Jimmy, y sin esperar respuesta se lanzó escaleras arriba.

Mama Jean lo esperaba con el libro en la mano.

—Aquí tienes cincuenta dólares —dijo, dándole el dinero atado en un pañuelo—. No le dejes saber que los tienes. Si las cosas no andan bien para ti, corazón, te vuelves a casa.

—No puedo aceptar su dinero, Mama Jean.

—Dios nos protegerá, Jimmy. Así que no te preocupes.

Mama Jean lo empujó para apartarlo de ella, dio media vuelta y entró rápidamente en el pequeño apartamento, el único hogar que él había conocido.

Jimmy guardó el dinero en su bolsillo y bajó lentamente las escaleras para reunirse con Crab. Caminaron dos cuadras y Crab dijo que tenía que comprar cigarrillos.

—Espérame aquí un momento —dijo.

Jimmy lo vio dirigirse a la pequeña tienda de comestibles donde trabajaba el padre de Johnny Cruz. Observó que Crab tenía una forma rara de caminar. Era como si no pudiera doblar las rodillas y tuviera que andar con las piernas rígidas, balanceándolas ligeramente y moviendo la cabeza de un lado al otro.

Crab entró en la bodega y reapareció poco después. Se paró, sacó un cigarrillo y lo encendió lentamente. Jimmy se preguntó si habría cambiado de idea acerca de llevarlo con él a Chicago.

—¿Estás listo? —preguntó Crab.

—Sí —dijo Jimmy.

Crab se encaminó a un Dodge de color gris, buscó en sus bolsillos por la llave y abrió el portaequipaje.

—No sabía que tenía un carro —dijo Jimmy—. Me pareció oírle decir a Mama Jean que íbamos a tomar el autobús.

—No soy muy bueno para conducir —dijo, sonriendo—. Ella tenía que darse cuenta de que si estuve todo este tiempo encerrado no he podido practicar mucho conducir. Se preocuparía aún más por ti.

Jimmy colocó su maleta en el portaequipaje. Crab lo cerró y dio la vuelta hacia el lado del conductor, abrió la portezuela y se deslizó en el asiento. Jimmy volvió la mirada hacia el sitio en donde sabía que estaba Mama Jean. Casi esperaba verla calle abajo, haciéndole señales con los brazos para que volviera. Si ella hubiera estado allí, llamándolo, probablemente habría vuelto.

—Supongo que te habrá sorprendido mucho verme —dijo Crab.

—Sí.

—¿Mama Jean nunca te dijo que me escribieras?

—Me dijo que podía escribirle, si yo quería —repuso Jimmy—. Pero no me gusta mucho escribir.

Comenzaba a llover otra vez. Jimmy pensó en Mama Jean, sentada en el sillón frente al televisor, trazando con la punta de los dedos el estampado de las fundas del asiento. Crab estaba probando todos los botones, hasta que encontró el que activaba los limpiaparabrisas.

—Te pareces a tu madre —dijo Crab—. Tienes algo de ella, por cierto.

—Guardo las fotos de ella —dijo Jimmy.

—Yo quería llevarme una —declaró Crab—. Alguien me robó las que tenía de ella.

—¿Le robaron las fotos? —preguntó Jimmy.

Crab lo miró y se encogió de hombros.

—Sí, me las robaron. Tipos que no han tenido una mujer en el mundo de donde vienen, pretenden que la tenían. Hay quienes recortan fotos de mujeres en las revistas. A veces roban las fotos de uno. La cárcel no es un lugar para vivir.

A medida que pasaban las millas, Jimmy comenzó a tranquilizarse un poco. Todavía experimentaba dificultad para respirar, pero no creyó que iba a tener un ataque de asma. Sabía que estaba cansado, verdaderamente cansado. En una ocasión se quedó dormido, sólo para despertar momentos después con un sobresalto. Crab le echó un vistazo y volvió su atención al camino.

Los pensamientos de Jimmy volvieron a Mama Jean. Se preguntó si el tiempo lluvioso estaría empeorando su artritis. En ese caso, le resultaría difícil levantarse por la mañana y él no estaría allí para prepararle el té. Se preguntó también si ella estaría pensando en él, y si estaría triste. Mentalmente le dijo "hola", y "te quiero".

Notó que se le empañaban los ojos y los cerró. Todo iría bien, se dijo. A menudo había pensado en cómo sería tener un padre, como otros chicos. Por alguna razón siempre se había imaginado un padre como alguien que le indicaba volver a casa a cierta hora o que se enojaba si no hacía su tarea escolar. Se imaginaba a los dos yendo juntos a los partidos de béisbol o dando paseos por el parque. No había pensado en Chicago.

Cuando Jimmy abrió los ojos no supo dónde se encontraba. El carro estaba detenido a un costado de la carretera. Era de noche. Delante de ellos se alineaban postes de alumbrado que cruzaban el camino como extrañas jirafas, sus grandes ojos brillosos iluminando la noche. Jimmy podía ver pequeños insectos revoloteando en los halos verdes de las luces. Echó una ojeada al asiento posterior buscando a Crab. No estaba allí.

Cerró nuevamente los ojos, decidiendo volver a dormir. Pero los abrió casi inmediatamente y se revolvió en el asiento para mirar detrás del coche. A la distancia alcanzó a ver una estación de servicio. Tal vez, pensó, se habían quedado sin gasolina. Se bajó del carro.

La noche era fría y le hizo tiritar. Caminó hasta la parte posterior del vehículo y miró en dirección a la estación de servicio. No vio a Crab.

Algo, tal vez las hojas remolineando en el camino, algún animalito, hizo un ruido crujiente en la oscuridad. Jimmy volvió a meterse en el carro y cerró de golpe la puerta. Fue a encender la radio, se detuvo y dejó caer las manos en sus rodillas.

Le puso el seguro a su portezuela y se fijó si la del lado de Crab estaba también cerrada. No lo estaba. Respiró a fondo y volvió a mirar atrás hacia la estación de servicio.

Entonces lo vio. Supo que aquella alta silueta era Crab por la forma en que caminaba. Jimmy lo observó a medida que se aproximaba, hasta que la luz mostró lo suficiente del hombre para eliminar toda duda.

Se volvió, le quitó el seguro a la puerta y se hundió en el asiento. Momentos más tarde, Crab abrió la puerta del lado del conductor, se instaló al volante y puso en marcha el motor. Jimmy mantuvo los ojos cerrados mientras el carro hacía crujir la grava en el borde del camino y aceleraba con una sacudida al entrar en la carretera. Abrió los ojos y se estiró.

—¿Estás despierto? —preguntó Crab.

—Sí —dijo Jimmy—. ¿Estamos cerca de Chicago ya?

—Falta bastante —dijo Crab—. Tendremos que parar pronto para cargar gasolina. También, quizá, para comer algo. ¿Tienes hambre?

—No mucha —dijo Jimmy.

—También quisiera llamar a Mama Jean —dijo Crab.

Viajaron en silencio por una hora más. El horizonte comenzaba a clarear. Se aproximaban a una ciudad y los edificios se perfilaban contra el cielo gris. El tráfico aumentaba; comenzaron a pasarlos ruidosamente grandes camiones en dirección a la ciudad.

—¿Dónde estamos ahora? —quiso saber Jimmy.

—Cleveland —le informó Crab.

Crab condujo por la ciudad durante un rato, como buscando algún sitio, luego entró en una estación de servicio. Bajó la ventanilla y pidió al encargado que llenara el tanque.

—Escuche, vamos para Los Angeles y necesitamos comer algo —Crab le habló al hombre que operaba la bomba como si lo conociera—. ¿Podemos dejar el carro allí, junto a la cerca, mientras vamos a desayunar?

—Tendrá que pagarme la gasolina primero —dijo el encargado, mirando a Crab de soslayo.

—Por supuesto —dijo Crab, asintiendo con la cabeza—. Simplemente, no quiero pasar toda la mañana buscando un lugar para estacionar.

El encargado devolvió la señal con la cabeza y retornó su atención al surtidor. Una vez llenado el tanque, Crab pagó y estacionó el carro junto a la cerca.

—Tendríamos que haber traído un poco del pollo de Mama Jean —dijo Crab mientras se dirigían al pequeño restaurante, cuyo letrero decía COLONETTE.

Se sentaron a una mesa y Crab dijo a Jimmy que pidiera lo que desease. Jimmy pidió panqueques y un vaso de leche.

—Tráigame dos huevos fritos y unas cinco tiras de tocino —dijo Crab.

—Solamente vienen con cuatro tiras de tocino —informó el hombre que tomaba el pedido—. Si desea más, tendrá que pagar por porción doble.

—Entonces déme una porción doble y café —pidió Crab—. ¿Dónde está el teléfono?

El camarero señaló un teléfono en la pared del fondo; Crab se levantó y se dirigió hacia allá.

Jimmy se preguntó qué habría hecho Crab en aquella estación de servicio donde se habían detenido en la carretera. Tal vez sólo había ido al baño, pensó. Dirigió la mirada a Crab, quien estaba de espaldas y con la cabeza inclinada sobre el teléfono. Crab se volvió en ese momento, miró a Jimmy y le hizo con el pulgar la señal de ánimo y buena suerte. Jimmy le devolvió la señal.

Se preguntó qué impresión tendría Crab de él; si Crab pensaba que los dos se parecían o no. Entró más gente en el restaurante. Eran trabajadores y la mayoría negros. Uno de los hombres era alto y de cuello largo; llevaba un cinturón con herramientas y Jimmy trató de adivinar qué clase de trabajo haría. Había tres tipos diferentes de alicates en el ancho cinturón de cuero, todos con mangos rojos, varios destornilladores y una herramienta que Jimmy nunca había visto antes. El hombre se sentó a horcajadas en un banquillo como si se tratara de un caballo y comenzó a leer su periódico. El camarero que los había atendido le sirvió café y un buñuelo sin cruzar palabras con él.

—Mama Jean quería saber si habías dormido bien —dijo Crab, volviendo a la mesa—. Le dije que dormiste casi toda la noche. De nada vale preocuparla.

—¿No dijo que deseaba hablar conmigo? —preguntó Jimmy.

—Creo que estaba preparándose para ir a trabajar —explicó Crab. Se volvió en el asiento y miró por la ventana—. ¿Qué te parece Cleveland?

—Está bien —dijo Jimmy—. Se imaginó a Mama Jean disponiéndose a ir al trabajo. Si hacía frío se pondría el abrigo azul, cerrándolo bien alrededor del cuello. No usaría guantes, no importa el frío que hiciera.

Una muchacha gruesa les trajo el desayuno, poniendo los frascos de mermelada próximos al plato de panqueques para Jimmy.

—Tengo algunos amigos en Cleveland —dijo Crab—. Podemos quedarnos aquí un tiempo.

—Creí que lo esperaba un trabajo en Chicago —apuntó Jimmy.

Crab hizo a un lado las tiras de tocino y rompió las yemas de los huevos con su tostada, que se llevó luego a la boca.

—Sí, supongo que sí —admitió.

Parecía cansado.

La puerta se abrió y entró un hombre haciendo rodar un pequeño barril.

—Vaya alguien a preguntarle a Paris si quiere pescado —gritó el recién llegado.

—Sí, él quiere algunos pescados —dijo la muchacha que los había servido—. ¿Son frescos?

—Tan frescos que se creen que están dando un paseo por la playa —repuso el hombre, sonriendo y dejando ver un diente de oro—. ¡Les dije que los llevaría de vuelta al agua tan pronto como tomara mi café!

—Si se creen eso deben ser muy estúpidos —comentó el hombre del cinturón con las herramientas.

—Todos los peces son estúpidos —dijo el pescador—. Por eso es que puede uno poner pececillos de colores en una pecera y ellos nadan yendo y viniendo sin importarles.

—Déme veinte libras —dijo la muchacha.

Salió de detrás del mostrador y miró dentro del barril—. Son pargos, ¿no?

—La mayoría —dijo el pescador—. Tengo también algunas pescadillas ahí.

—Bueno, déme treinta libras entonces —pidió la muchacha.

Jimmy vio a Crab sobresaltarse. Él estaba sosteniendo la cortina para poder ver por la ventana. Jimmy alzó la vista y vio un agente de policía hablando con el encargado de la estación de servicio. Conversaron por un rato y luego el policía siguió su camino. Crab soltó la cortina y se concentró en su comida.

Para cuando acabaron de desayunar, el estómago de Jimmy estaba doliéndole otra vez. Algo andaba mal. Lo que más deseaba en ese momento era hablar con Mama Jean. Pensó en preguntar a Crab si debería llamarla, pero luego lo pensó mejor. La llamaría cuando tuviese una oportunidad.

—¿Cuánto más tardaremos en llegar adonde vamos? —preguntó mientras cruzaban la calle en dirección al coche.

Un camión marrón de *United Parcel Service* se paró frente a ellos y esperaron a que reanudara la marcha antes de continuar.

—¿Qué prisa tienes? —inquirió Crab.

—¿Hay algo de malo en que quiera saber? —replicó Jimmy.

—No —reconoció Crab—. Pero no tengo toda la vida para encontrar trabajo.

—Estoy pensando en llamar a Mama Jean — Sus propias palabras lo sorprendieron. Por un lado Jimmy no deseaba decírselo a Crab, pero por otro deseaba ver cómo reaccionaría él.

—Creo que lo que quieres es preocuparla — dijo Crab cuando llegaron al carro—. Sube.

—No, voy a llamarla ahora —Jimmy miró alrededor buscando un teléfono.

—Jimmy . . . —comenzó a decir Crab, pero Jimmy estaba ya cruzando velozmente la estación de servicio hacia un teléfono público que acababa de ver.

Jimmy llegó al teléfono, descolgó el auricular, empezó a llamar, recordó que no había marcado el prefijo de zona telefónica, y empezó a marcar de nuevo. La mano de Crab, pasando por encima de su hombro, cortó la llamada.

Jimmy giró sobre sí mismo, sosteniendo el auricular contra su pecho.

—¿Por qué hizo eso? —demandó.

—¿Puedo hablar contigo? —preguntó Crab.

—¿Qué es lo que tiene que decir? —Jimmy se oyó levantando la voz.

—Sólo dame un poco de tiempo, déjame hablar contigo por diez minutos —dijo Crab—. Todo lo que pido es una oportunidad, hombre.

—Vamos, hable —dijo Jimmy.

—Subamos al carro y volvamos a la carretera —indicó Crab.

—¿Por qué no podemos hablar aquí mismo?

—Mira —Crab se volvió, notó que el encargado de la estación de servicio los estaba observando y encaró nuevamente a Jimmy—. ¿Qué voy a hacer contigo, Jimmy? ¿Hacerte daño? No fui hasta Nueva York para hacerte algo malo. Sólo . . .

Crab respiraba agitadamente. Miró a Jimmy, luego apartó la vista. Había algo en sus ojos, algo alarmante y triste a la vez.

—¿Por qué no podemos hablar aquí? —repitió Jimmy.

—Porque me busca la policía —dijo Crab.

Jimmy vio que el encargado de la estación de servicio estaba lavando un carro, pero miraba hacia donde ellos estaban. Calle abajo, el policía que había hablado con el encargado de la estación de servicio hablaba ahora con un cartero.

Crab regresó al automóvil y subió. Jimmy dio media vuelta y echó a andar en dirección opuesta. No sabía qué hacer. No sabía qué decir a Crab. Ni siquiera lo conocía.

Tenía lágrimas en los ojos, las cuales deshacían la luz en minúsculos fragmentos mientras caminaba. Pensó en buscar una estación de autobuses para volver a Nueva York, pero no estaba seguro por qué le daba miedo Crab. Pero tenía miedo, miedo y cansancio.

Se detuvo y volvió hacia la estación de servicio. Crab había dado la vuelta con el carro y estaba ahora deteniéndose junto a él.

—Oye, sólo déjame hablar contigo por unos minutos —dijo Crab—. Entonces podrás hacer lo que quieras. Yo no puedo obligarte a hacer lo que no quieras, de todos modos. Por favor.

Jimmy miró calle arriba, vio al encargado de la estación de servicio hablando con el policía y subió al carro.

Crab condujo por el centro de Cleveland. Las calles comenzaban a llenarse. A medida que se adentraban en el centro había más gente vistiendo trajes que ropas de trabajo. Jimmy iba sentado lo más cerca posible de la puerta mientras Crab tenía la vista fija en el camino. Torcieron a la izquierda cerca de un parque y continuaron por una avenida ancha. Había chicos, blancos y negros, camino a la escuela. No parecían diferentes a los chicos de Nueva York.

Jimmy lloriqueó y lamentó haberlo hecho. No deseaba que Crab fuera a pensar que le tenía miedo.

Entraron en un parque, bordearon un lago, y salieron después por el otro lado. Pronto se encontraron nuevamente en la carretera.

—Estuve en Green Haven —dijo Crab—. He estado allá dos veces. La primera vez fue por robo a mano armada. Luego estuve en la cárcel de Rahway. Después de nuevo en Green Haven. Me tuvieron ocho años esta vez, y tenía que cumplir dos más antes de tener derecho a salir en libertad condicional. No creo que me lo concedieran.

Apartó la mano derecha del volante y flexionó los dedos. Luego quitó la izquierda e hizo lo mismo.

—No me sentía muy bien, ¿sabes? Tenía uno que otro problemita de salud. De modo que un día fui a la enfermería y les dije que tenía dolores de espalda. No dijeron nada sobre el asunto, me dieron aspirinas. Pero los dolores continuaban. Resultó que la espalda estaba bien, pero tenía problemas de riñón. Me enviaron a un hospital allá, y por la forma en que hablaban . . .

Crab miró por la ventanilla. Jimmy observó que en las afueras de Cleveland había edificios de oficinas de aspecto más reciente que los de la ciudad misma. Se preguntó cómo podría la gente llegar hasta allí a trabajar. Miró a Crab, tratando de leer su rostro, pero no pudo.

—¿Entonces qué pasó? —le preguntó.

—Lo que pasó entonces fue que empecé a pensar —dijo Crab—. Sentado en un rincón toda la noche, apenas podía dormir y empecé a pensar en ti.

Jimmy miró hacia otro lado.

—Pero no escribió.

—Sí, lo sé. Te escribí, pero no mandé las cartas porque nunca logré poner por escrito lo que deseaba decir.

—¿Qué deseaba decir? —preguntó Jimmy.

—Primero, deseaba decirte que te quería —dijo Crab—. Pero entonces no me sonaba bien. Me imaginaba que a lo mejor ni siquiera era verdad. Tal vez, sólo porque había descubierto que estaba realmente enfermo quería que fuese así.

—¿Qué es lo que tiene?

—No lo sé —dijo Crab—. Usaban una palabra difícil para describirlo. Mayormente tiene que ver con los riñones. Creen que es posible salvar uno. Después tendría que continuar con una de esas máquinas que limpian la sangre. Pero cuando tienen que operar a un preso yo no sé qué pueden estar pensando. Quizá sean honestos, quizá no. No sé.

—¿Qué tiene eso que ver con Mama Jean? —deseó saber Jimmy—. ¿Por qué no quiso que la llamara?

—¿Quieres llenarla de preocupación? —preguntó Crab—. Yo creía que serías más hombre.

Jimmy no respondió.

—Así que tenía que arreglármelas solo —dijo Crab.

—¿Qué quiere decir?

—Fui al hospital porque estaba muy enfermo. Yo sabía que son bastante menos estrictos en el hospital. Un día, la semana pasada, estaban limpiando mi cuarto de baño y la enfermera me permitió usar el del personal en el pasillo. En eso la llamaron para algo a otro sitio y bajé por las escaleras.

—¿Entonces, se escapó de la cárcel? —preguntó Jimmy—. ¿Y ahora la policía lo anda buscando?

—Sí, porque . . .

El sonido que salió de la garganta de Jimmy llenó el vehículo. Se puso a dar puñetazos en el tablero de instrumentos.

—¿Por qué no me escuchas? ¿Por qué? Crab agarró el puño de Jimmy y le impidió que siguiera golpeando. ¡Lo hice por ti, Jimmy! ¡Juro por Dios que lo hice por ti!

Jimmy oyó su propio llanto, trató de contenerlo y lo dejó brotar.

—¡No, usted no lo hizo por mí!

—¡Dame un minuto! ¡Déjame decirte por qué lo hice!

—¡Pare el carro! ¡Déjeme bajar!

Crab se apartó al costado del camino. Se volvió

y agarró a Jimmy cuando éste trataba de abrir la puerta.

—Lo hice por ti. Déjame contarte qué pasó. Todo lo que pido de ti son cinco minutos. Soy tu padre.

—¡Usted no es nada! —Jimmy respiró hondo y trató de calmarse. Se secó la cara con las manos.

—Traté de escribirte y nada me salía bien. Nada me dejaba satisfecho y me sentí . . . como tú acabas de decir. No soy nada, y así es como me sentía. Traté de pensar lo que ibas a decir de mí. Lo que yo decía de mi padre. Solía decir que mi padre no podía darnos mucho, pero al menos yo lo quería. Tú no puedes decir eso. ¡Ni siquiera me conoces!

—¡Yo sé que no lo quiero!

—¡Está bien! Me duele, pero está bien —dijo Crab—. Yo sólo quería dejar aclarado algo contigo. El hecho de que yo no maté a esos guardias. Fuera lo que fuese que haya hecho en este mundo, nunca maté a nadie. No pude probarlo ante el juez, y el jurado no me creyó, ¡pero puedo probártelo a ti! ¡Puedo probarlo, Jimmy!

Jimmy miró a Crab y vio que las lágrimas le enrojecían los ojos.

—¿Por qué no lo probó . . .? —La voz se le apagó.

—¿Por qué no lo probé al jurado? —Crab se

aferró al volante con las dos manos—. Porque no les di ninguna razón para creer lo que yo decía. Por eso. Ellos sabían que yo era un ladrón, que no tenía una educación. Todo lo que veían era otro hombre de piel negra a quien tenían que juzgar. Eso es todo. ¿Por qué iban a creerme?

—¿Por qué dijeron que usted lo hizo, si no lo había hecho?

—¿Puedo contarte lo que pasó el día que ocurrió todo?

Jimmy se encogió de hombros.

—Si quiere.

—Eso es todo lo que he querido hacer desde hace un año —dijo Crab.

Puso en marcha otra vez el motor, comprobó el retrovisor, y volvió a la carretera.

—Yo estaba viviendo en el Bronx, en la Avenida Daly. Vinieron unos tipos a verme y dijeron que planeaban un atraco.

—¿Un *qué*?

—Un atraco —repitió Crab—. Es algo que uno hace para conseguir dinero. Yo estaba en bancarrota y sin trabajo.

—¿Dónde estaba yo entonces?

—Estabas viviendo con Mama Jean; pensé que ella podía cuidarte mejor que yo —dijo Crab.

—Ella dijo que usted enviaba algún dinero a veces —le confió Jimmy.

—¿Ella dijo eso?

—Sí.

—De todos modos, aquellos dos tipos vinieron a verme —prosiguió Crab—. Uno de ellos era Richie Dutton; lo llamaban Frank. El otro era Rydell Depuis. Rydell no dijo mucho. Frank fue quien llevó la conversación. Frank era de Brooklyn, pero Rydell era del vecindario.

Jimmy trató de imaginarse cómo serían los hombres de quienes hablaba Crab, pero no podía pensar claramente. Seguía preguntándose por qué se encontraba allí. ¿Qué había hecho para que Dios se enfadara con él?

—Frank dijo que conocía a un tipo que trabajaba en una compañía de camiones blindados para el transporte de valores —continuó Crab—. Este tipo le había contado acerca de un envío muy grande de dinero que iban a llevar a través de un barrio negro en Queens. Dijo que luego de recoger el dinero, iban a detenerse en una tienda de comestibles en la Avenida Liberty para comprar sandwiches. En ese momento podíamos dar el golpe.

—¿Quiere decir, asaltarlos?

—Sí. Te dije que he cometido errores. No trato de ocultarte nada. Pero no quiero que pienses que he matado a alguien.

—Sí —Jimmy miró por la ventanilla. Había

grandes carteles al costado del camino. Trató de leerlos al revés a fin de no oír la voz de Crab. Pero aún la oía.

—Así, la cosa se arregló para el miércoles siguiente. Yo tenía un presentimiento sobre el asunto. Meterse con un camión blindado siempre entraña riesgos. Los guardias llevan armas, y uno nunca sabe si se creen vaqueros del oeste o algo parecido.

—El día señalado me desperté a eso de las dos y media de la mañana como si me fuera a estallar la cabeza por una muela que tenía infectada. Así que cuando Frank y Rydell pasaron a buscarme les dije que yo no podría acompañarlos. Sugerí que tal vez podíamos hacerlo la semana siguiente. Rydell pareció alegrarse de que yo tenía dolor de muelas y dijo que estaba bien. Pero Frank no quería saber nada. Estuvimos discutiendo un rato y entonces ellos decidieron seguir adelante sin mí. Esa noche lo escuché todo por radio. Dijeron que los asaltantes parecían haber sido dos puertorriqueños. Escaparon con tres o cuatro mil dólares. Moneda suelta de bobos. Dijeron por radio que los dos guardias habían sido baleados y uno estaba muerto. Agradecí a Dios que no tuve parte en el asunto.

—Creí oírle decir que fue por eso que estuvo en la cárcel —dijo Jimmy.

—Me declararon culpable —dijo Crab—.

Pero la realidad fue otra. Al día siguiente del hecho fui a la clínica para hacerme atender la muela. Cuando volví a casa, había tres detectives esperándome en el pasillo. Sin decirme una palabra, empezaron a golpearme en el estómago y tirarme de un lado a otro en el pasillo.

El motor crujió, se paró, y el carro redujo la marcha rápidamente. El carro detrás de ellos dejó oír furiosos bocinazos mientras los pasaba. Crab casi se salió del camino antes de que el motor volviera a arrancar.

—¡Debe ser agua en el tanque! —dijo Crab, sacudiendo la cabeza—. ¿Estás bien?

—Sí.

Crab se inclinó sobre el volante, rodeándolo con los brazos, y respiró a fondo al notar que el motor volvía a marchar normalmente. Miró a Jimmy, verificó el espejo retrovisor y volvió al camino para sumarse al tráfico. Esta vez se mantuvo a la derecha.

—¿Y qué pasó entonces? —preguntó Jimmy.

—Entonces me llevaron a mi cuarto. Yo estaba viviendo en una pensión. Revisaron todo y me preguntaron dónde había escondido el dinero. Preguntaron qué me había pasado en la cara y les dije que acababa de hacerme sacar una muela. Cuando les dije eso me reventaron la cara a golpes. Me llevaron a la comisaría, y yo estaba con mucho dolor. Mucho dolor, viejo. Me metieron en un cuarto y Frank estaba allí. Tenía la cabeza vendada y el brazo izquierdo entablillado. Le preguntaron si yo era el que había estado con él dijo y que sí.

—¿Por qué dijo eso si usted no estuvo allí? —preguntó Jimmy.

—No sé —Crab sacudió la cabeza—. Mi abogado concluyó que fue él quien hizo los disparos. Si él acusaba a Rydell, éste lo iba a acusar a él. Si me acusaba a mí, yo iba a decir que era inocente. Entonces él podía declararse culpable diciendo que yo había hecho los disparos.

—¿Qué dijo usted?

—La verdad, como te la estoy diciendo a ti. —aseguró Crab—. El jurado no me creyó. Una vez que Frank declaró que él estuvo en el robo, automáticamente asumieron que estaba diciendo la verdad sobre mí. Y todos felices. Frank recibió una sentencia leve y la policía pudo cerrar el caso. Quienquiera que fuese el otro tipo, me figuré que tenía que ser Rydell, salió libre.

—Si era la verdad, deberían haberle creído —dijo Jimmy.

—¿Tú me crees? —preguntó Crab.

Jimmy se encogió de hombros. Más adelante había un anuncio de neón representando un televisor con imagen real y un gran letrero debajo que indicaba: SONY, EL ESTILO AMERICANO.

—¿Tú me crees? —volvió a preguntar Crab.

—No sé —dijo Jimmy.

—No, no me crees —dijo Crab—. Y tú no tienes nada contra mí. Y si Frank estuviera aquí diciendo que fui yo, realmente no me creerías a mí.

—¿Él está todavía en la cárcel?

—Le dieron dieciocho meses por declarar contra mí y salió en libertad a los diez. Después lo agarraron por matar a alguien a cuchilladas y lo encarcelaron allá en Florida.

—¿Y qué hubo del otro?

—¿Rydell? Ni siquiera sé si participó en el asalto o no porque no volví a verlo. Me imaginé que debió participar porque sencillamente desapareció. De todas maneras, averigüé dónde vivía hace unos dos meses. Te dije que era del vecindario. Allá es adonde vamos, a mi casa en Arkansas. Pero primero tengo que ver alguna gente en Chicago.

—Creí que tenía un trabajo en Chicago —dijo Jimmy.

—Tal vez trabaje allá por un tiempo —dijo Crab—. Hasta que consiga un poco de dinero.

Jimmy cerró los ojos. Estaba empezando a dolerle la cabeza y sentía la boca seca. Cada vez que Crab le decía algo resultaba distinto de lo que dijera antes.

—El hombre de quien habla —Jimmy deseó

no haber abierto la boca, pero no pudo contenerse—, ¿él le va a decir a la policía que usted no lo hizo?

—¿Rydell? No lo sé. Si él sabe algo que pudiera ayudarme, entonces quizá todo vaya bien —dijo Crab—. Pero si no dice nada diferente a la policía tal vez te lo diga a ti. Eso es lo importante.

Continuaron viajando durante cuatro horas. A veces Crab decía algo, preguntándole cosas como qué equipos le gustaban o si jugaba a la pelota. Jimmy no sabía por qué le dijo a Crab que le gustaba jugar al fútbol. Casi nunca jugaba al fútbol, aunque a veces veía entrenarse al equipo de la escuela.

Después de un tiempo sintió cansancio en las piernas. Las mantenía tensas. Aun cuando sólo iba como pasajero, todo su cuerpo estaba tenso. Trató de relajarse pero no pudo.

Llegaron a Chicago a mitad de la tarde. Crab dijo que casi no reconocía la ciudad.

—¿Estuvo aquí antes? —preguntó Jimmy.

—Sí, hace unos veinte años —dijo Crab—. Tan pronto como salí del ejército. Toqué en un pequeño grupo aquí. No era gran cosa. Yo tocaba jazz y ellos tocaban *blues*. Tocaban bastante bien algunos *blues*, pero no ganaban nada de dinero.

—¿Conoce a alguien aquí?

—Sí. Una muchacha que había conocido en Newark se mudó aquí hace algún tiempo. Quiero ver si ella puede ayudarme a conseguir un poco de dinero.

—¿Cuánto necesita?

—Más o menos mil dólares —dijo Crab—. No nos gustaría llegar a Arkansas como pordioseros.

Se detuvieron en un bar, donde Crab hizo varias llamadas mientras Jimmy esperaba sentado a una de las mesas. La mente de Jimmy volvió a la carretera, al momento en que despertó para descubrir que Crab no estaba con él. Reflexionó acerca de regresar a Nueva York y se preguntó si los cincuenta dólares que le diera Mama Jean serían suficientes.

—Mavis no se ha levantado todavía —dijo Crab, volviendo a la mesa—. Su hijo dice que ella tiene un trabajo de noche.

—Tienen que ir al mostrador por lo que deseen —voceó a Crab una mujer de piel clara y labios carnosos.

Crab fue al mostrador y compró una cerveza y un refresco. Entretanto, Jimmy tanteó el bulto del dinero en su calcetín. Aún estaba ahí. Se frotó la pierna mirando hacia arriba cuando Crab se aproximó.

—Te conseguí una soda—dijo Crab—. ¿Tomas sodas?

—Todo el mundo toma sodas —respondió Jimmy.

—Vamos a quedarnos aquí un rato y luego iremos a casa de Mavis.

—Bueno.

—¿Tienes hambre?

—No —mintió Jimmy.

—¿Sabes? Te pareces un poco a mi hermano —dijo Crab. Gesticuló hacia Jimmy con la botella de cerveza—. Sólo que tienes esos grandes ojos de tu madre.

—¿Usted no sabía cómo era yo? —preguntó Jimmy.

Crab empezó a decir algo, o por lo menos masculló unas palabras, pero Jimmy no las entendió. Hubo un momento de silencio entre los dos mientras Crab desviaba la vista. El silencio se prolongó. Crab tenía los ojos abiertos, pero no parecía estar mirando nada.

—A veces hablaba de ti —dijo Crab, como si el largo silencio no hubiese existido—. Los hombres se ponían a hablar de sus hijos. Mayormente hablaban de los varones, porque si hablaban de las hijas siempre había alguno que preguntaba cómo era físicamente y decía estupideces. Cuando se ponían a hablar de los hijos, yo hablaba de ti. Entonces pensaba cómo serías, si le harías caso a Jean, cosas así.

—Yo no le causo problemas a ella —dijo Jimmy.

—Ajá, eso es bueno —dijo Crab. Parecía estar durmiéndose—. Entonces, ¿qué me dices?

—¿Sobre qué?

Crab se alzó de hombros y continuó con la mirada perdida. Jimmy pensó que debía decir algo. Pensó en preguntarle cómo era la vida en prisión. Le hubiera gustado saber. ¿En qué se ocupaba todo el día? Luego reflexionó que a Crab podría molestarle hablar de la cárcel.

—¿Qué hace su hermano?

—Lo mataron en Vietnam —dijo Crab—. Llevaba en el ejército como doce o trece años cuando estalló de veras la guerra en Vietnam. La guerra ya existía, pero no había estallado de veras. Pasó un período allá y llegó a sargento. Le dijeron que si cumplía otro período hasta podía llegar a oficial. Pasó ese primer período, y estaba casi terminando el segundo, once meses y medio, cuando fue herido. Lo trajeron a Texas y yo fui allá a verlo. No estaba bien. No era más grande que tú. Se había consumido. Murió como a los dos meses de regresar de Vietnam.

—¿Se puso triste usted?

—¿Qué crees tú? —Crab se llevó la botella a los labios y echó atrás la cabeza.

Por un segundo, Jimmy observó cómo su nuez subía y bajaba. Luego apartó la vista. Crab fue a hablar con la camarera, compró otra cerveza y otro refresco, y anotó algo que le decía la camarera. Trajo la soda y la cerveza a la mesa y, seguidamente, se encaminó al teléfono. Después de hacer una llamada, fue al cuarto de baño. Jimmy tocó otra vez el dinero en el calcetín.

—Ya tenemos donde pasar la noche —le anunció Crab al volver del baño—. Una pensión cerca de la calle State.

—Oh —dijo Jimmy.

Comieron en McDonald's y Jimmy observó

que Crab tenía un fajo de billetes. Se preguntó si serían mil dólares.

Fueron primero a la pensión, y Crab pagó por una semana a una mujer blanca de corta estatura. La mujer usaba una peluca que se había corrido hacia atrás y dejaba ver muy poco cabello en la parte de adelante. Estaba sentada a un escritorio cubierto por pilas de revistas viejas y tuvo que hacer un lugar para contar el dinero. Lo contó lentamente, humedeciéndose el pulgar con la lengua para verificar los sesenta y ocho dólares.

—La ropa de cama la reciben ahora y el sábado por la mañana —les informó ella, frotándose la nariz con un dedo rechoncho—. Si no la devuelven, tendrán que pagar catorce dólares.

La mujer entregó las llaves a Crab y se recostó en el asiento.

—Recogeremos la ropa a la vuelta —dijo Crab.

Habían estacionado el carro en la misma calle de la pensión, cerca de unas obras. Cuando Crab trató de ponerlo nuevamente en marcha, hubo un zumbido y el motor se paró. Trató de nuevo y otra vez el zumbido, ahora más fuerte mientras Crab pisaba intermitentemente el acelerador. Luego el motor chirrió y se paró definitivamente.

Crab se rió. Jimmy hubiera esperado que se enfureciera, pero en cambio lo tomaba a risa. Era la primera vez que Jimmy lo veía sonreír.

—El carro se porta como una mula vieja —comentó Crab—. Hace ruido pero no se mueve.

Dejaron el carro y tomaron un taxi hasta la casa de la mujer que Crab conocía.

De afuera, la casa era bonita. No tenía nada en especial, pero era una casa de verdad, con un portal al frente. A un lado del portal, apoyada contra varios neumáticos viejos, había una bicicleta oxidada. Del otro lado, una mesa de juego de cartas. Sobre ésta, un aparato de radio mal sintonizado dejaba oír música y noticias al mismo tiempo. Jimmy supuso que la mujer que salió y fue hacia el receptor de radio debía ser la que habían venido a ver.

—¡Vaya! ¡Dichosos los ojos que te ven! —saludó Crab.

—¡Crab Little! —La mujer extendió los brazos desde arriba de los escalones—. ¡Qué fantástico verte!

—¿Verdad que sí? —Crab la rodeó con sus brazos y la bajó por el aire.

Empezaron a hablar sin tregua, casi al mismo tiempo, mientras Jimmy permanecía a un lado. Volvió la cabeza cuando se abrió la puerta y un muchacho más o menos de su edad, tal vez un año mayor, salió y se apoyó contra el marco.

Mavis Stokes era una mujer joven, parecía tan joven como Cookie. Llevaba puesta una gorra de béisbol, echada a un lado de la cabeza.

—¿Cómo te va? ¿Éste es tu hijo? —preguntó a Crab, mirando a Jimmy.

—Sí, éste es mi hijo.

—Bueno, de veras se parece a ti —dijo Mavis—. Pasen y siéntense.

El muchacho se quedó en la puerta mientras Mavis y Crab entraban en la casa, pero sin apartar los ojos de Jimmy. Éste lo saludó con la cabeza al pasar, pero el muchacho no le devolvió el saludo.

—Frank, tráele a Jimmy algo para tomar —dijo Mavis.

Se sentaron, y Crab y Mavis iniciaron una conversación acerca de alguien, llamado Tony, que ambos habían conocido mucho tiempo atrás. Mavis dijo que Tony había comprado cinco carros y ahora dirigía un servicio de taxis.

—¿Aquí en Chicago? —preguntó Crab.

—Aquí mismo —repuso Mavis—. Nunca pensé que a Tony le llegara a ir bien en la vida.

—Hummm. Tony habrá adivinado algún número o algo.

—No, no acertó ningún número. Sencillamente, fue a trabajar y ahorró dinero.

Frank puso varias latas sobre la mesa y Jimmy observó que algunas eran de soda.

—¿Puedo pasar al baño?

—Ahí en el pasillo, a la izquierda, querido —indicó Mavis.

Jimmy avanzó por el pasillo, empujó la primera puerta que vio y comprobó que era el cuarto de baño. Cerró la puerta, le pasó el seguro, y verificó nuevamente que tenía el dinero en el calcetín. Pensó en Mama Jean y se dio cuenta de que ni siquiera sabía cuánto tiempo llevaba lejos de ella. Habían salido al anochecer. Era casi de noche otra vez. Dos días. Estaban muy lejos de Nueva York para un viaje de sólo dos días, pensó.

Cuando salió del baño, Crab estaba sentado a la mesa en la cocina y Mavis se estaba maquillando ante el espejo. Había una botella de licor en la mesa y Crab tenía un vaso en la mano. El televisor estaba encendido y Jimmy se sentó en una silla frente a él.

—Frank está muy crecido —comentó Crab.

Jimmy dirigió la mirada hacia donde estaba Frank colocando rollos de venda en una mesita.

—Desde que se aficionó al boxeo no hay dinero que alcance para darle de comer —dijo Mavis.

—Es bueno poder defenderse —dijo Crab, sirviéndose otro vaso.

Mama Jean jamás bebía. "No quiero echar nada en mi cuerpo que no pueda sacar con la misma facilidad", solía decir.

—Tengo que irme —dijo Mavis—. Acabo de empezar en este nuevo trabajo, así que es mejor que no llegue tarde. ¿Cuánto tiempo se van a quedar en Chicago?

—Depende de cómo vayan las cosas —dijo Crab—. Después tenemos que seguir viaje.

—¿Dónde van a estar?

—Encontramos un lugar en Cahill, cerca de State.

—¿Encontraron un lugar ya? —dijo Mavis—. Pensé que acababan de llegar.

—Así es —dijo Crab—. Pero teníamos que encontrar un lugar. No quiero causarte molestias.

Mavis miró de soslayo a Jimmy y sonrió.

—Yo diría algo —insinuó—, pero hay demasiados oídos jóvenes aquí.

—¿Qué clase de trabajo tienes? —preguntó Crab.

—Trabajo en una residencia de ancianos —dijo Mavis—. Mañana tengo libre. Tú y . . . ¿cómo es tu nombre, cariño?

—Jimmy.

—¿Vienen mañana a desayunar?

—Sí —repuso Crab—. Y traeré una botella de whisky escocés.

¡Eso es hablar! —Mavis se inclinó y besó a Crab—. Frank, no vayas a lastimarte esta noche en el gimnasio.

—No te preocupes —dijo Frank, sonriendo.

—Y no te quedes en la calle toda la noche —recomendó Mavis.

—No iré a Roosevelt —añadió Frank.

—No hay nada en esas viviendas planificadas,

salvo tiroteos y cuchilladas —dijo Mavis—. Y tú no dejes de venir mañana a desayunar, Crab.

—¿Cuánto hace que trabajas de noche? —quiso saber Crab.

—Hace un tiempo —dijo ella, poniéndose el abrigo.

—Hum —gruñó Crab—. No me escribiste para decírmelo.

—No hace tanto tiempo —explicó ella—. Si hubiera sabido que estabas por salir, entonces te habría escrito para dejarte saber. En realidad, hubiera ido a esperarte a la estación.

—Vinimos en carro a Chicago —dijo Crab—. Miró a Jimmy con el rabillo del ojo y apartó rápidamente la vista.

Crab y Mavis caminaron tomados del brazo hasta la parada del autobús. Frank cerró la puerta con llave y siguió a Jimmy, llevando una bolsa de gimnasia.

Crab y Mavis se besaron al llegar el autobús.

¿Entonces adónde vas ahora? —preguntó Crab a Frank cuando el autobús se alejaba.

—Voy al gimnasio —dijo Frank—. Tendré una pelea pronto.

—¿Está lejos el gimnasio?

—Unas cinco cuadras —dijo Frank.

—Ajá. Oye, ¿podemos ir a ver cómo te entrenas?

—Seguro —dijo Frank.

Jimmy notaba algo en Frank que lo hacía sentir molesto. Frank no dejaba de mirarlo, como midiéndolo, haciéndole saber que lo estaba observando detenidamente.

—¿Qué edad tienes? —le preguntó Crab, mientras fijaba la vista en la Avenida Martin Luther King.

—Dieciséis —contestó Frank.

Jimmy se alegró de que el muchacho fuese mayor que él.

—Puedo clasificarme para los Guantes de Oro este año. Mi entrenador dijo que si gano dos peleas de tres asaltos me hará entrar en los Guantes de Oro.

—¿Eres muy bueno con los puños? —preguntó Crab.

—Sí —sonrió Frank.

Jimmy pensó que era un tipo bien parecido, de aspecto fuerte. Usaba el pelo corto a los costados y formando una gran letra H sobre un relámpago afeitado en la cabeza.

El gimnasio, aunque parecía pequeño de afuera, era grande en el interior. El olor de sudor impregnaba el aire. Los boxeadores practicaban solos o en pequeños grupos. Algunos se entrenaban con rivales imaginarios, un par de ellos le pegaba al saco de arena, y otros estaban haciendo simplemente salto de cuerda o pesas.

Frank se dirigió al cuarto de vestir y Crab y

Jimmy se sentaron en unas sillas de madera frente al ring. Un hombre corto de estatura y piel muy oscura, totalmente canoso, se acercó a ellos.

—¿Ustedes buscan algo?

—Estamos con Frank —le informó Crab—. Vamos a verlo entrenarse.

—Oh. ¿Él también boxea? —preguntó el viejo, mirando a Jimmy.

Jimmy negó con la cabeza.

—No tiene pasta para esto, ¿eh?

Jimmy se encogió de hombros.

—Tal vez el año que viene —dijo Crab.

Jimmy no miró a Crab.

Frank salió y se puso a pelear con el aire por un rato. No parecía tan fuerte. Luego se dirigió a un saco de arena y estuvo golpeándolo por cerca de dos minutos.

—Eso es para practicar la coordinación —explicó Crab.

—Usted sabe mucho sobre boxeo, ¿no? —preguntó Jimmy.

—En la *jaula* había muchos que boxeaban.

—¿En la *jaula*?

—En prisión.

—Oh, —Jimmy se imaginó a los prisioneros, con traje a rayas y con guantes, boxeando entre ellos.

El viejo que hablara con Crab y Jimmy momentos antes se acercó a Frank y se volvió hacia ellos al hablarle. Jimmy se preguntó qué le estaría diciendo. Frank asintió con la cabeza y subió al ring. El viejo llamó a otro muchacho y le señaló el ring. El muchacho subió a unirse con Frank. Iban a combatir.

Dos de los otros boxeadores vinieron a sentarse junto a Jimmy y Crab. El viejo sopló un silbato y los dos contendientes se dirigieron al medio del ring. El que se enfrentaba a Frank era más grande que él. Se movió en torno a Frank, levantó los puños y lo empujó. Frank empezó a saltar de un lado al otro. Parecía saber lo que estaba haciendo. Entonces comenzó a lanzar golpes. Lanzaba golpes poco certeros pero duros. Asestó a su rival un golpe alto cerca de los hombros y el muchacho empezó a retroceder.

—¡Balancéate! ¡Balancéate! ¡No retrocedas! —gritó el viejo—. ¡Arriba esos puños!

Frank persiguió nuevamente al muchacho, quien esta vez no retrocedió, sino que se cubrió mientras Frank seguía castigándolo.

—¡No te quedes ahí parado! ¡Tienes que pelear! ¡Peléalo! —gritaba el viejo.

El muchacho levantó el brazo tratando de golpear a Frank, pero éste le asestó un golpe al mentón. El muchacho se desplomó.

—Está buscando caer a la lona. No sé por qué viene al gimnasio —refunfuñó el viejo, meneando la cabeza.

—Hay tipos así —dijo Crab a Jimmy por lo bajo—. Sólo tratan de terminar la pelea. Con tal de no seguir peleando, no les importa perder, porque no tienen pasta para luchar. —¿Entiendes lo que quiero decir?

Jimmy quiso decir que entendía, pero nada brotó de su garganta. Simplemente, asintió con un gesto.

En el ring, el muchacho se levantó sacudiendo la cabeza y el viejo le gritó. Le dijo que no tenía nada que sacudir en su cabeza. Al reanudarse el combate, Frank continuó golpeando malamente al muchacho. Jimmy se preguntó por qué continuaba allí si no deseaba pelear.

Cumplidos los dos asaltos, el viejo hizo sonar su silbato y dio por terminada la pelea. Seguidamente llamó a otros dos muchachos al ring.

—Tú puedes quedarte, si quieres —dijo Crab—. Yo tengo que ir al centro a ver a alguna gente.

—Iré con usted —dijo Jimmy.

—Bueno, está bien. Déjame avisarle a Frank que nos vamos.

Crab se aproximó a Frank y le puso un brazo sobre los hombros mientras le hablaba. Frank asintió con la cabeza, luego saludó con el puño a Jimmy y éste le devolvió el saludo con la mano.

Cuando salían Jimmy iba pensando acerca de cómo Crab había puesto el brazo sobre los hombros a Frank. Lo hizo como si hubiera algo entre los dos, como si fueran amigos o algo así. Habían caminado media cuadra cuando Crab se detuvo.

—Olvidé preguntarle cuándo regresa Mavis a casa —dijo—. Mira, yo tengo que hablar por teléfono. Vuelve al gimnasio y pregúntale a qué hora vuelve Mavis.

Crab se encaminó al teléfono en tanto que Jimmy se dirigía de vuelta al gimnasio. Frank estaba aporreando el saco de arena y Jimmy fue hacia él. Los holgados pantalones grises de Frank estaban oscurecidos por el sudor. Al ver aproximarse a Jimmy, Frank se arrimó más al saco. Lo empujaba con la cabeza y doblaba las rodillas para aumentar el ímpetu de los puñetazos.

Jimmy se mantuvo a distancia, sabiendo que Frank sabía que él estaba allí. Frank gruñía con cada golpe que propinaba, haciendo volar el sudor que le bañaba la frente. Golpeaba duro, una y otra vez; a veces lo empujaba con la cabeza, otras con el hombro, de manera que el saco oscilase a la posición deseada.

Redobló los puñetazos, atacó el saco con furia y trató de guiarlo hacia Jimmy. Éste calculó que no podía ser alcanzado y no se movió. Por último, Frank dejó de dar golpes y, jadeando, miró a Jimmy.

—Crab quiere saber a qué hora vuelve Mavis a casa —dijo Jimmy.

—¿Por qué? —inquirió Frank, y lanzó dos golpes más al saco, haciéndolo girar.

—Sólo me dijo que viniera y te preguntara.

—¿De dónde eres?

—De Nueva York.

—¿De Nueva York? Te crees un tipo duro, ¿no?

—Yo no dije nada de eso —repuso Jimmy.

Frank dio al saco otro par de puñetazos.

—Pienso que tienes aspecto de mocoso —dijo—. A mí me pareces un crío.

—¿Entonces no sabes a qué hora llega a casa? —dijo Jimmy.

—Te dije que pienso que pareces un crío —persistió Frank.

Jimmy dio media vuelta y echó a andar hacia la salida. Frank lo siguió. Jimmy notó que venía detrás. Frank lo agarró del brazo y lo hizo volverse.

—Yo no te dije que te fueras, hombre —dijo Frank—. Mira, una vez le di a un tipo tan fuerte que le rompí la mandíbula. ¿Te imaginas lo que puedo hacerle a uno como tú?

Jimmy no dijo una palabra. Clavó la mirada en los ojos de Frank. Así es como hacía uno en Nueva York. No importaba cuán asustado pudiera estar uno, lo miraba al otro directamente a los ojos.

Frank se dio vuelta y se alejó, diciendo por encima del hombro:

—Dile que estará en casa a las diez.

Jimmy no se volvió. No sabía por qué Frank estaba furioso con él. Pero sabía que no le gustaba Frank. Salió y vio a Crab hablando todavía por teléfono. Caminó lentamente hasta la cabina, recobrando poco a poco su compostura. Crab salía de la cabina cuando llegó a ella.

—¿Qué te dijo? —preguntó Crab.

—Dijo que estará en casa a las diez.

—Hum. Vamos, tengo que ir al centro. Un amigo mío me consiguió un trabajo. Te daré la dirección del lugar donde nos quedamos. Ve allá y espérame, ¿de acuerdo?

—Puedo ir con usted a ese trabajo —dijo Jimmy.

—Tú vete a la pensión —dijo Crab. Había un tono cortante en su voz.

—Bueno, está bien.

—¿Crees que encontrarás el lugar si te digo cómo ir? —preguntó Crab. El tono cortante había desaparecido de su voz.

—Creo que sí —dijo Jimmy—. Tendré que tomar un taxi, ¿no?

—No necesitas un taxi, hombre. No dispongo de dinero para taxis. Toma el autobús. Dile al conductor que quieres bajarte en la calle Cahill. ¿Entendido?

—Sí.

Crab buscó en sus bolsillos y encontró cinco dólares que entregó a Jimmy.

—Tengo que ir a este trabajo —dijo Crab—. Tú sabes, empezar a ganar un poco de dinero.

—¿Qué clase de trabajo consiguió?

—Me necesitan como trompetista —dijo Crab.

Dio a Jimmy dos dólares de cambio y señaló la parada del autobús que Jimmy debía tomar. Luego se quedó observándolo mientras se alejaba. Cuando Jimmy se dio vuelta hacia donde había dejado a Crab, lo vio parado todavía en el mismo sitio. Jimmy lloraba. Un hombre se le acercó con un vaso de cartón y le pidió una "donación". Jimmy le dio la espalda y el hombre se dirigió a una mujer que llevaba bolsas de compras.

Las lágrimas le caían por la cara y, por primera vez desde que conoció a Crab, se sentía enojado. Siguió esperando en la parada del autobús y miró a Crab calle abajo. Crab comenzó a alejarse y luego corrió con sus característicos pasos rígidos al ver venir su autobús en la dirección opuesta. Lo alcanzó y fue el primero en partir. Jimmy pensó en buscar una estación de autobuses de larga distancia. Podía regresar a Nueva York, pensó.

Llegó el autobús y Jimmy lo abordó.

—Quiero bajarme en la calle Cahill —dijo Jimmy.

El conductor lo ignoró.

En el camino a la pensión Jimmy estuvo pensando sobre la forma de hablar de Crab cuando le preguntó sobre el trabajo.

—Me necesitan como trompetista —había dicho él.

Lo dijo como si fuera un chico de la escuela tratando de asumir un aire de superioridad, o tal vez como Frank, tratando de parecer duro. A veces parecía una persona normal. Cuando actuaba normalmente entoces Jimmy podía imaginarse cómo sería compartir la vida con él, viajando juntos, conversando, mirando fotografías. Ni siquiera le había preguntado acerca de su madre. No todavía.

Había otras cosas que deseaba saber, además. Deseaba saber en qué pensaba Crab durante esos años en la cárcel. En su memoria estaba presente aquel momento en el pasillo cuando lo escuchó por primera vez. Entonces Jimmy había experimentado curiosidad, pero también temor. Ahora, la idea de aquel primer encuentro era como una sombra que oscurecía su memoria, que lo llenaba de aprensión, asombro y placer. Su padre había venido de alguna parte, de algún lugar, de algún otro tiempo cuando su madre vivía, y cuando él,

Jimmy, era un bebé o no había nacido. Todo marchaba bien en su vida en aquel entonces; todo había sido perfecto. Simplemente no había estado consciente de ello.

—Oiga, hombre, ¿quiere comprar una cadena de oro?

¡Veinticuatro quilates! —Una mano oscura le mostraba la cadena.

—No —respondió Jimmy.

—¿Usted no usa oro?

Jimmy miró al hombre en la cara. Parecía joven, excepto por los ojos. Los ojos eran de un hombre viejo y Jimmy se preguntó si sería un drogadicto.

—No —respondió otra vez.

El hombre miró a Jimmy y sacudió la cabeza.

—No se lo reprocho —dijo en un susurro ronco—. No es real. Es de veinticuatro quilates y todo, pero no significa nada en el mundo real. ¿Comprende lo que quiero decir?

—Sí —dijo Jimmy.

Su mente volvió a Crab. Empezó a pensar en lo que Mavis había dicho. Acerca de que él y Crab se parecían. Él no creía que se pareciera mucho a Crab, pero Mavis había dicho que se parecían. Aunque eso no significaba gran cosa, porque mucha gente decía que Mama Jean y él se parecían mucho. La hermana Greene, de la iglesia, siempre decía: "Oh, cualquiera puede ver que es el chico de Jean. Miren cómo se parece a ella".

Mama Jean le aconsejaba a Jimmy que no dijese nada. Déjala pensar lo que quiera, decía.

Había otra cosa que ocupaba su mente. No había querido pensar en ello, pero finalmente cedió. Hubiera deseado saber si él le caía bien a Crab. La idea, oculta en partes recónditas de su mente, todavía lo avergonzaba, lo hacía sonreír.

—¿Sabe por qué la gente usa oro? —El hombre sentado junto a él volvía a hablar.

—¿Por qué? —preguntó Jimmy.

—Por las apariencias —dijo el hombre. Soltó dos breves risotadas, apartó la vista por un segundo y volvió a fijarla en Jimmy—. Mi vida está tan desordenada que las apariencias no me sirven de nada.

Jimmy se encogió de hombros.

—Solía jugar a la pelota y todo eso —continuó el hombre, señalando con el pulgar hacia un punto detrás del autobús, como si hubiera jugado allí—. Pero se fue.

—¿Qué es lo que se fue?

El hombre gesticuló con indiferencia y volvió a sumirse en sus propios pensamientos.

El autobús avanzaba por las calles, recogiendo pasajeros que nunca se miraban unos a otros. El hombre que le había hablado a Jimmy se puso de pie súbitamente y tiró del cordón que indicaba al conductor detener el autobús.

—Casi pierdo mi parada —dijo, sonriendo. Al verlo de pie, Jimmy observó que era mucho más joven de lo que había pensado—. Tómelo con calma, adiós.

Jimmy lo vio mirar hacia afuera por la puerta y descender. A través de las sucias ventanillas, distinguió su cabeza balanceándose hacia la acera para desaparecer luego detrás de un camión.

Empezó a pensar nuevamente en Crab. Éste le había dicho que trató de escribirle y decirle que lo quería. Era extraño que dijera eso cuando ni siquiera actuaba como si le simpatizara. Crab podía presentar tantas caras diferentes que era difícil comprenderlo. Era de una manera con Mama Jean, de otra con Mavis, y aun de otra con Frank. Parecía que le gustaba Frank. Tal vez pensara que así debería ser Jimmy: fuerte, bueno con sus puños. Había dicho que en la cárcel solía boxear.

—¡Calle Cahill! —gritó el conductor.

Jimmy le dio las gracias y descendió. No era la calle Cahill. Ya estaba oscuro y no veía nada que le resultara familiar. Preguntó a una mujer si sabía dónde estaba la calle Cahill y ella señaló hacia una calle ancha.

—Dos cuadras más adelante —dijo la mujer—. Sigue caminando por ahí y la encontrarás.

Jimmy encontró la calle y echó un vistazo a su llave. Ésta tenía estampado: "3B".

La habitación era pequeña y sucia. De un lado, una cómoda separaba dos camas individuales. Del otro, había un fregadero y un refrigerador pequeño. Sobre el mostrador, junto al fregadero, una cocina portátil de dos hornillos y, junto a ésta, dos tenedores. Jimmy buscó el baño, que encontró en un rincón. Consistía en una ducha revestida de estaño y un inodoro con el asiento roto, al lado del cual había un rollo de papel higiénico en el piso.

En el pasillo había un teléfono público y Jimmy pensó en llamar a Mama Jean.

Tenía cosas en que pensar mientras yacía en la estrecha cama. Se preguntó a qué distancia estaría de casa. Había venido a Chicago en carro. No sabía cuánto tiempo llevaría regresar a Nueva York en autobús. Tenía hambre, pero daba igual. Comería cuando llegase a Nueva York. Mama Jean tendría algo en la cocina, o saldría a buscarle algo de comer. Aun cuando fuera demasiado tarde, si el mercado y la bodega estaban cerrados, ella todavía le encontraría algo de comer. Siempre lo había hecho. Mama Jean había sido todo lo que él necesitara que fuese: compañera y amiga, madre y padre.

Tenía cosas en que pensar mientras estaba sentado en la silla plegable ante la pequeña mesa. Podía haberle dicho a Crab que no iría con él. Mama Jean lo habría apoyado. Por la manera en que Mama Jean lo había mirado, por el dolor que expresaba en sus ojos, él sabía que eso era lo que ella deseaba que él dijera. Eso era también lo que él deseaba decir, por lo menos una parte de él lo había deseado.

El cuarto estaba sucio.

"No hay ninguna razón en el mundo para vivir en la suciedad", acostumbraba decir Mama Jean, con un cubo de agua jabonosa en la mano—. "Ninguna razón en el mundo de Dios".

Le vino a la mente una imagen de Crab tocando el saxofón. Sólo unos días antes Crab había estado en la cárcel; ahora estaba tocando el saxofón en Chicago, o viendo boxear a Frank, o hablando con Mavis. Jimmy se preguntó si sería normal que las cosas fueran así. Uno hacía cosas que estaban siempre ahí para que uno las hiciera.

—Yo soy tu padre —había contestado Crab cuando Jimmy lo vio por primera vez y le preguntó quién era él.

Quizá, pensaba Jimmy, ser su padre no era más que una de las cosas que Crab tenía que hacer.

Jimmy siempre había pensado más en su madre que en su padre. Era fácil imaginar lo que se suponía que debía hacer una madre. Cuando él era pequeño, cuando Mama Jean lo había enviado al colegio St. Joseph y las monjas le enseñaban acerca de los ángeles, él consideraba a su madre como un ángel. En su mente, ella era pequeña, de suaves ojos negros, y solía mirarlo de una manera que le llenaba el pecho de tiernos sentimientos hacia ella. También su rostro ovalado era pequeño y, al sonreír, sólo mostraba dos dientes que eran muy blancos. Se la imaginaba haciendo algunas de las cosas que Mama Jean le contaba que ella había hecho: patinar sobre hielo o cantar en un coro. Esos pensamientos le hacían feliz.

Pero, a veces, al despertarse temprano por las mañanas, o mientras esperaba para cruzar una calle lejos de casa, pensaba en el hombre que él sabía que estaba en la cárcel.

Él no había sentido deseos de que su padre fuera un amigo o nada parecido. Lo que él más había deseado era verlo moverse. Deseaba ver cómo balanceaba los brazos y, tal vez, cómo lo saludaría con la mano al encontrarse en la calle. Acostumbraba mirar la fotografía en el cuarto de Mama Jean.

—¿Quieres esa foto? —le había preguntado Mama Jean un día que lo sorprendió contemplándola.

—¿Qué foto? —había preguntado él.

—Estabas mirando esa foto de tu papá —había dicho ella.

—No —había dicho él, no deseando herir sus sentimientos.

Aun así, al volver de la escuela al día siguiente, la foto estaba sobre su cama. Él no dijo nada, sencillamente la regresó al cuarto de ella y la arrojó indiferentemente sobre la cómoda.

Lo que no podía comprender, en primer lugar, era cómo Crab lo había dejado así como así con Mama Jean.

Tenía hambre. Encontró la llave y se dispuso a salir; entonces recordó los cincuenta dólares en su calcetín. Los sacó y los puso en el armario, envueltos en su ropa interior, bien al fondo del armario.

Hacía calor en la calle. Varias personas estaban sentadas en los portales. Una niña se echó atrás y lo miró entrecerrando los ojos.

—¿Tú eres el hermano de Chris? —le preguntó.

—No —respondió él.

—Sabes bien que él no es el hermano de Chris —dijo alguien.

Jimmy no había advertido la presencia de la mujer sentada a la ventana del primer piso. Cuando levantó la vista, la mujer estaba bebiendo de una botella de gaseosa. Era la misma mujer que les diera las llaves del cuarto. La saludó con una inclinación de cabeza y ella devolvió el saludo levantando su botella.

Echó a andar calle abajo. En la esquina había una tienda de costillas asadas y, al lado, una pequeña tienda de comestibles. Entró en esta última y vio a un hombre sentado con un bate de béisbol sobre las rodillas. Una mujer delgada, con el cabello anudado en la nuca, leía el periódico detrás del mostrador.

No había muchas cosas en los estantes. Jimmy escogió una bolsa grande de hojuelas de papas fritas y una lata de ginger ale.

—Un dólar setenta y nueve —dijo el hombre con el bate de béisbol.

Jimmy ofreció al hombre dos dólares.

—Dale a ella —gruñó el hombre—. Detrás del mostrador.

Jimmy entregó los dos dólares a la mujer y ella sacó el cambio de la caja registradora y lo empujó a través del mostrador.

¿Quieres una bolsa, corazón?

—Sí.

La mujer puso las papas fritas y la soda en una bolsa y entregó ésta a Jimmy con una sonrisa. Él le devolvió la sonrisa. Luego miró al hombre con el bate de béisbol.

—No sonrías mucho a mi mujer, muchacho —dijo el hombre.

Jimmy sonrió mientras salía. La gente de Chicago era bastante amable, tal vez más amable que la de Nueva York. Caminó calle abajo, notando que las calles eran más oscuras que en Nueva York. Alcanzaba a ver hasta cuatro o cinco cuadras de distancia donde había más faroles de alumbrado, pero él no deseaba realmente ir tan lejos. Caminó una cuadra más. Mama Jean se pondría furiosa si supiera que andaba solo por las calles de Chicago. Apresuró el paso de regreso a la pensión.

Un día, cuando el padre de Eddie Grimes había venido a la escuela y le pegó a Eddie frente a toda la clase, Jimmy pensó cómo se habría sentido él si su propio padre le hubiera pegado ante la clase.

—Vaya, eso estuvo feo —comentó Charles King en el comedor.

Eddie dijo que tenía ganas de escaparse de casa, pero nadie le creyó.

Jimmy compuso toda una escena en su cabeza. Su padre había venido a la escuela y se puso realmente furioso cuando la señora Hodges le dijo que él no cumplía con sus tareas y otras cosas por el estilo. Entonces su padre le había pegado en la cara, haciéndolo caer. Su padre le gritaba y la señora Hodges parecía gozar aquello, pero de pronto la expresión en el rostro de su padre cambió. Miraba extrañamente a Jimmy.

En la escena imaginada, Jimmy se tocó la cara y vio que estaba sangrando. Se puso en pie y se alejó, sabiendo que su padre estaba ahora triste. Pero ya era tarde, lo había hecho sangrar.

—¡Eh! ¿Tú eres Jimmy Little?

Si la voz de la mujer no lo hubiese detenido, habría pasado de largo por la casa.

—Sí.

—Hay una llamada para ti —dijo ella—. Tienes que llamar a un número.

—¿Anotó el número? —preguntó Jimmy.

—Sí, aquí está —Ella le alcanzó un sobre.

Jimmy estudió el sobre en la pálida luz del farol próximo a la entrada. No era el número de Mama Jean. No lo reconocía en absoluto. Tenía que ser de Crab. Estaba escrito en grandes garabatos. Jimmy guardó el sobre en un bolsillo y entró en el edificio.

—¿Vas a llamar? —le preguntó la muchacha cuando pasaba por la oficina—. Hay un teléfono aquí.

Ella quería saber de qué se trataba la llamada. Jimmy asintió con la cabeza y la muchacha abrió la puerta para dejarlo pasar a la oficina.

—Tienes que marcar nueve primero —dijo ella.

Era como los teléfonos de la escuela, pensó él. Marcó nueve y luego el número escrito en el sobre.

En cierto modo, la llamada lo asustaba. No sabía por qué Crab lo llamaría. Tal vez no iba a volver, o algo parecido.

—¿Hola? —Jimmy oía música en el otro extremo.

—¿Sí?

—Me dijeron que llamara a este número.

—¿Quién le dijo que llamara aquí —preguntó la voz, en tono grave—. ¿Quién habla?

—Soy . . . ¿está Crab ahí?

—Sí . . . un momento.

Jimmy oyó el auricular golpeando contra algo. Seguía oyendo la música y se imaginó que sería un bar. Jimmy esperaba que Crab no estuviese bebiendo mucho. La gente que bebía mucho o tomaba drogas lo asustaba. No era gente realmente normal.

La mujer de la oficina estaba ojeando una revista; miró a Jimmy y después al reloj.

—Fueron a buscarlo —explicó él.

—No puedes ocupar el teléfono mucho tiempo —dijo la mujer.

—¿Cómo se llama usted?

—Doreen —dijo ella—. ¿Ese hombre es tu padre?

—Sí.

—¿Y dónde está tu madre?

—Se murió.

Doreen lo miró, se encogió de hombros y volvió a concentrarse en la revista, aparentemente satisfecha.

—¿Hola? —Sonaba como si fuese una voz joven.

—¿Sí? —dijo Jimmy.

—¿Quién es? ¿Jimmy?

—Sí.

—Mi nombre es Billy Davis —anunció la voz—. Yo toco la trompeta aquí en Vernon. Tu padre no está bien, muchacho. Tendrás que venir a buscarlo.

—¿Dónde está Vernon?

—En la calle Emmett, bajando desde el Loop.

—¿Y dónde es el Loop?

—¿Quieres que te averigüe dónde es? —dijo Doreen, dejando la revista.

Jimmy le pasó el teléfono.

Doreen tomó la dirección y colgó. Indicó a Jimmy que tendría que tomar un taxi y que ella podía pedirle uno si él tenía el dinero.

—Lo tengo arriba —dijo él—. Iré a buscarlo.

—¿Terminaste las papas fritas? —preguntó ella.

Jimmy le dio las papas y la soda y subió a su cuarto.

El trayecto hasta Vernon tomó sólo diez minutos y le costó cuatro dólares con cinco centavos. Le dio al conductor cuatro con cincuenta.

El hombre de color que guardaba la entrada puso una mano enorme en el pecho de Jimmy. Éste empezó a decirle lo que había pasado y el hombre retiró la mano y señaló. Las notas de un saxofón llenaban el salón, haciendo vibrar la pirámide invertida de copas en el bar, ordenada delante de la elegante gente apoyada contra el mostrador. Jimmy chocó con algo y resultó ser un hombre que lo ignoró completamente. No podía ver bien al principio. Cuando pudo ver mejor no fue de gran ayuda. El lugar estaba atestado de gente.

Se abrió camino en el bar malamente iluminado hasta que llegó al fondo. Miró a su alrededor sin ver a Crab ni adónde dirigirse. Entonces se hizo una luz y, por un instante, una silueta apareció enmarcada en un rectángulo de luz. La puerta se cerró y el hombre que había salido, con su trompeta colgada del cuello, encendió un cigarrillo.

—¿Usted es Billy Davis? —le preguntó Jimmy.

El hombre miró a Jimmy por encima de su mano ahuecada. Luego señaló la puerta.

Jimmy golpeó y la puerta se abrió. Lo primero que vio al entrar fue a Crab tendido en un sofá.

—¿Tú estás con Crab? —preguntó un hombre gordo.

Jimmy asintió con la cabeza. Crab se movió y se incorporó, deslizando las piernas al borde del sofá.

—Estoy bien ahora —dijo Crab.

Se paró y casi se cayó. El hombre gordo lo sostuvo por el codo. Crab se volvió para mirarlo y el hombre retiró la mano. Por un momento, los dos se miraron. La mirada del hombre era firme; la de Crab era dura, realmente severa. Acto seguido Crab se volvió dirigiéndose a la puerta.

—Necesitamos un taxi —dijo Crab.

—¿Se siente bien?

—Sí.

La muchedumbre se apartó por un momento y Crab se detuvo a observar la figura muy delgada de Billy Davis parado junto al piano.

—Ése es el mejor saxofonista que he escuchado en mi vida —dijo Crab—. Lo dijo calmosamente, casi con veneración.

El saxofón parecía escupir las notas, lanzándolas atropelladamente sobre el sudoroso público. Las notas surgían con pasión, con desenfreno, deteniéndose al borde de la furia. Entonces Billy Davis parecía atraparlas, echándose a un lado y al otro, balanceando el saxofón como si las acorralara en un orden especial que sólo él conocía. El sonido era duro, y dulce, y suficientemente claro como para iluminar la oscuridad.

—¿Es bueno, eh? —comentó Jimmy.

—Sí.

Crab reanudó su marcha hacia la salida. Se

abrieron paso chocando con la gente hasta que les dio en la cara el frío aire de la noche.

Había empezado a llover. Crab se paró al borde de la acera e hizo señas a los dos primeros taxis que vio. Ambos se detuvieron, pero reanudaron rápidamente la marcha al ver que era un hombre negro. El tercer taxi, conducido por un hombre de edad, se detuvo.

—Es difícil encontrar un taxi en una noche lluviosa como ésta —dijo el hombre blanco entrado en años, mirando nerviosamente por encima del hombro.

—Sí —dijo Jimmy.

—Él no irá a vomitar en mi taxi, ¿no?

Crab estaba inclinado hacia adelante con la cabeza entre las rodillas. Jimmy iba a ponerle el brazo sobre los hombros, pero se contuvo.

Llevó una eternidad subir los dos pisos de escaleras. Jimmy estaba consciente de los ruidos: el roce de los pies de Crab contra el refuerzo de estaño en el borde de los escalones, los crujidos de la barandilla de madera cuando se apoyaba en ella para subir cada escalón, su propia respiración. Se dijo a sí mismo que no le iba a preguntar a Crab si se sentía bien; ya sabía que no se sentía bien.

—¿Se siente bien?

—Dame la mano —pidió Crab—. No, mejor déjame apoyar mi mano en tu hombro.

Jimmy se mantuvo junto a Crab, sintiendo su aliento en la mejilla. Había un vago olor a licor en su aliento, pero Crab no parecía estar borracho.

—¿Quiere un poco de agua? —preguntó Jimmy.

—Sí.

Jimmy buscó un vaso, lo encontró y lo llenó de agua. Iba a llevárselo a Crab cuando se dio cuenta de que el agua debía estar tibia. Abrió el refrigerador para ver si había hielo. En el estante superior había una bandeja para cubitos de hielo, pero vacía. Llevó el agua a Crab y lo observó mientras llevaba lentamente el vaso a la boca y bebía a pequeños sorbos.

—¿Qué pasa? —preguntó Jimmy.

—¡La espalda me está matando! —exclamó Crab—. Se está poniendo peor.

—¿Quiere que llame a un médico?

—No, no serviría de nada —dijo Crab—. Si descanso un poco me hará bien.

Jimmy se sentó en la otra cama tratando de pensar qué debería hacer. Miró a Crab y vio que hacía una mueca de dolor al tratar de estirar las piernas. Volvió a contraerlas, aspirando el aire lentamente.

—¿Quiere más agua?

Ninguna respuesta. Jimmy volvió a sentarse, se quitó los zapatos y puso los pies sobre la cama.

Crab trató otra vez de estirar las piernas y logró estirarlas más que antes. Jimmy pensó que estaba respirando mejor.

—Me hace bien poder estirarme —dijo Crab.

—¿Qué siente cuando no puede estirarse?

—No tengo dolor todo el tiempo —dijo Crab con los ojos cerrados—. A veces, cuando me canso mucho empieza otra vez.

—¿Por eso es que fue al hospital cuando estaba en la cárcel?

—Por algo parecido —dijo Crab—. ¿Por qué no te duermes?

Jimmy se quitó los pantalones y la camisa y se acostó. Había una colcha liviana a los pies de la cama y se cubrió con ella.

—Buenas noches —dijo Jimmy.

—Apaga la luz —respondió Crab.

En la oscuridad, Jimmy escuchó por un rato la respiración de Crab: un respiro corto seguido de otro un poco más prolongado. Luego, silencio por unos segundos hasta que respiraba otra vez.

Jimmy rezó una breve oración. Esperaba que Crab se pondría bien. No quería siquiera pensar en que se fuese a morir. No quería pensar en ello, pero era lo único en que podía pensar. Era como una sombra que hubiese caído sobre él en la oscuridad.

—¿Qué vamos a hacer mañana? —dijo Jimmy con voz queda, casi para sí mismo.

—Recogeremos a Mavis y a Frank y saldremos para Arkansas —dijo Crab.

—¿Consiguió el dinero?

—No, pero tampoco tengo tiempo para perder en Chicago —explicó Crab.

—Usted toca la trompeta, ¿no?

—Esperaba tener una oportunidad de tocar. Tocaba mucho en la cárcel. Casi todos los días cuando tenía un instrumento. A veces a uno se le descomponía el instrumento, o los guardias lo arruinaban. Entonces uno no podía tocar.

—¿No lo dejaron tocar hoy?

—No es eso, me dejaron tocar —dijo Crab—. Tenían que dejarme tocar. Yo he tocado con Vernon antes. Él está al frente del negocio. Dice que los dueños son unos polacos de Milwaukee, pero él es quien está al frente y le va muy bien. Yo solía tocar con él, y ya viste a ese Billy Davis.

—Lo vi tocar —dijo Jimmy.

—Yo le enseñé a tocar esa trompeta. Él acostumbraba venir al club y no hacía más que mirar y escuchar. Yo tenía una vieja trompeta que gané jugando a la veintiuna. Le conté a tu madre acerca de Billy y ella me dijo que le regalara esa trompeta.

—¿Mi madre estuvo aquí, en Chicago?

—Ella no era tu madre todavía. Solamente vivíamos juntos. La traje aquí a Chicago para que viese cómo era.

—¿Ella también vio a Billy Davis?

—Él no valía mucho entonces —La voz de Crab sonaba más relajada—. Yo le enseñé un poco, Vernon otro poco, y el resto lo aprendió él solo.

—¿Usted tocó con él esta noche?

—Yo no puedo tocar con él —dijo Crab—. No puedo hacerlo con ninguno de esos tipos. Entré allí, abrí la boca y hablé sin modestia alguna, como si fuera uno de los mejores. Entonces le pedí que me dejaran actuar por un par de días para poder ganar un poco de dinero. Él dijo que tendría que oírme tocar después de la primera función. Me senté a escuchar a un grupo y luego vinieron Billy y su trío. Escuchando tocar a ese muchacho, me di cuenta de que yo no podía hacer nada parecido. Él dijo que me dejaría usar su trompeta, pero ni siquiera pude estirar la mano para tomarla. Lo que yo haya sido en el pasado está ahora muerto. Me sentí desesperado. Y ahí fue cuando empezó a dolerme la espalda.

—Entonces, ¿cómo va a conseguir el dinero para ir a Arkansas?

—Como sea, tenemos que llegar allá —dijo Crab—. Tenemos que encontrar la manera.

—¿Cuán lejos está Arkansas? —preguntó Jimmy.

Crab no contestó.

Jimmy siguió acostado en la oscuridad. Tenía

miedo por Crab. Lo había visto sufriendo y había notado el desengaño en su voz. Se preguntó si Crab se sentiría igual que él cuando había visto a Frank pegando al saco de arena. Cuando Crab estaba así, sintiéndose mal y triste, era más fácil estar con él, reflexionó.

Jimmy fue el primero en levantarse. Salió y compró café y varios buñuelos, como había hecho tantas veces para Mama Jean. Cuando volvió, Crab estaba afeitándose. Tenía una toalla envuelta en la cintura, y Jimmy observó que era más delgado de lo que había supuesto.

—¿Cómo se siente? —preguntó Jimmy.

—Bien.

—Traje café y algo de comer.

Crab terminó de afeitarse y se metió en la ducha.

Jimmy comió uno de los buñuelos. Para comprarlos, había gastado parte del dinero que le diera Mama Jean. Pensó nuevamente en regresar junto a ella, pero en el fondo sabía que iría a Arkansas con Crab.

Crab terminó de ducharse y salió del baño secándose. Jimmy desvió la vista, pero se dio cuenta de que Crab estaba tomando el café.

Doreen estaba sentada en la oficina cuando bajaron. Jimmy se la imaginó sentada allí toda la noche con los ojos cerrados, abriéndolos súbitamente cuando bajaban los primeros huéspedes en la mañana. Crab telefoneó a Mavis desde la esquina. Se le veía distinto que en la noche anterior, más dinámico, con los ojos bien abiertos.

Cuando Mama Jean no se sentía bien, o estaba cansada, caminaba como si tuviera plomo en los pies. A veces parecía arrastrarlos, moviéndolos de un lado al otro para andar. Cuando se sentía bien, caminaba con la cabeza erguida y los pies derechos.

Si Crab se sentía bien, caminaba con la cabeza baja y las piernas rígidas, como si avanzara contra el viento.

—Ella va a encontrarse con nosotros en la calle LaSalle a las once —anunció Crab—. Son ahora las nueve y media. Cuando lleguemos allá van a ser las diez. Tendremos que esperar un rato. Mientras tanto podemos desayunar.

—Bueno —dijo Jimmy, encogiéndose de hombros.

Crab no le preguntaba nada, simplemente le decía. Estaba bien, pensó Jimmy, que Crab le dijera lo que tenía que hacer. Pero era diferente. Mama Jean nunca le decía lo que debía hacer. En cierto modo se lo decía, pero era diferente como ella hablaba. Mama Jean le diría lo que tenía que hacer, pero la forma en que se lo decía, poniéndole una mano en el brazo o acariciándole el hombro, era casi como si se lo pidiera.

Tomaron el tren elevado y se bajaron en su estación a las diez menos cinco. Había una cafetería en la esquina donde estaban citados con Mavis, y entraron. Desde su mesa podían ver la esquina en caso que ella llegara antes de la hora fijada. Crab pidió huevos fritos con jamón y Jimmy, cereal con leche.

—Alquilaremos un carro y podremos llegar a Arkansas en catorce o quince horas —dijo Crab—. Tan pronto como entremos en Arkansas habrá que controlar la velocidad. Allá te agarran en un minuto por exceso de velocidad.

—¿Cómo es que Mavis viene con nosotros?

—Ella es mi chica —explicó Crab—. ¿Tú no tienes una chica?

Jimmy miró a Crab y vio que sonreía.

No, no tengo una chica —dijo Jimmy.

—Tienes tiempo de sobra, tiempo de sobra —dijo Crab—. Cuando yo era de tu edad, mi papá tenía dos mujeres. Mi madre en casa y una chica del otro lado de la ciudad. Yo nunca tuve interés en muchas mujeres. Todo lo que hacen es meterte en líos.

—¿Frank? —preguntó Jimmy—. ¿Él viene también?

—Sí.

La camarera trajo el desayuno y colocó entre los dos un plato grande con tostadas.

—¿Las tostadas están untadas con margarina o con mantequilla? —inquirió Crab.

—Margarina —respondió ella, volviendo la espalda para marcharse.

—¡Llévesela de vuelta! —ordenó Crab—. Tráigame mantequilla.

La camarera chasqueó la lengua con los dientes y se llevó las tostadas.

—¿Frank es hijo suyo también? — preguntó Jimmy.

—¡Nooo! —dijo Crab—. Es el hijo de Mavis. ¿Por qué lo preguntas?

—Preguntaba no más —dijo Jimmy.

—¿Te gusta el muchacho?

—No —Jimmy puso leche en su cereal—. Se puso a fastidiarme ayer cuando volví al gimnasio. Me llamó mocoso y cosas así.

—Si alguien te llama mocoso tienes que enfrentarlo resueltamente —dijo Crab. Hizo una pausa mientras la camarera ponía un nuevo plato de tostadas en la mesa—. La gente se imagina que o eres valiente o eres un mocoso —prosiguió—. Si los encaras, entonces se dan cuenta que eres valiente y no te faltarán el respeto.

—¿Por qué tenía que faltarme el respeto a mí si ni siquiera me conoce? —quiso saber Jimmy—. Yo no le había dicho nada.

—Hay gente que es así—dijo Crab—. Tienes que aprender a conocer a la gente.

Terminaron el desayuno y Crab pidió más café. Jimmy pensó que tal vez Frank tenía razón. Tal vez él era un mocoso. No había querido hacerle frente.

—Supongamos que yo lo encarara a Frank y termináramos peleando —sugirió Jimmy—. ¿Usted cree que podría vencerlo?

—¿Sabes algo sobre lucha? —preguntó Crab.

—No.

—¿Entonces cómo vas a vencerlo?

Jimmy volvió la cabeza para mirar por la ventana. En la calle, algunas personas habían abierto los paraguas. Una monja extendió la mano con la palma hacia arriba, mirando al cielo. Dos mujeres que cruzaban la calle venían riendo y ambas llevaban gorras de béisbol. Había un hombre esperando en la parada del autobús, y él también tenía puesta una gorra de béisbol. Jimmy se preguntó si en Chicago se usaban más las gorras de béisbol que en Nueva York. Y también se preguntó por qué creía Crab que él debía enfrentarse con Frank si pensaba que no podría vencerlo.

—Si tengo un poco de tiempo te enseñaré a pelear —dijo Crab—. Todo lo que necesitas saber es que no se trata de una competencia de baile. La mayoría de la gente piensa que pelear es cuestión de bailar en torno al adversario. Una pelea es una pelea. Tienes que tratar de lastimar al contrario antes de que él te lastime a ti.

—¿Eso es lo que quiere hacer? —preguntó Jimmy—. ¿Enseñarme a pelear?

—¿Tú quieres aprender?

—Sí —afirmó Jimmy, pensando que eso era lo que Crab deseaba oír.

—Tengo muchas cosas que hacer —dijo Crab—. Pero si encuentro el tiempo te enseñaré a pelear.

—Bueno.

Jimmy volvió a mirar hacia la calle. Ahora podía ver la lluvia, más fuerte que antes, pero todavía no estaba tan mal.

Para cuando salieron de la cafetería eran las once y diez. Se refugiaron de la lluvia bajo la marquesina de un edificio próximo. De vez en cuando, Crab se apoyaba contra el edificio. A las once y media Jimmy notó que estaba irritado. Su mandíbula inferior se endurecía y aflojaba alternadamente.

—Ya tendrían que estar aquí —dijo Jimmy.

Crab apartó la vista hacia lo largo de la calle sin decir palabra. Había un reloj antiguo sobre la fachada de una tienda de prendas de vestir del otro lado de la calle, y Jimmy trató de ver si podía distinguir el avance del minutero.

Crab entregó a Jimmy un billete de cinco dólares y le dijo que fuera a la farmacia a comprarle aspirinas.

—¿Se siente bien para quedarse solo?

—Sí.

La farmacia estaba llena de gente. De un lado había revistas y del otro, bebidas alcohólicas. Preguntó a un joven de chaqueta gris dónde estaban las aspirinas. El empleado señaló unas escaleras que llevaban al piso inferior.

Bajó y encontró las aspirinas. Había por lo menos cinco marcas diferentes y Jimmy escogió una que había visto anunciada en la televisión. Pagó con el billete de cinco dólares, contó cuidadosamente el cambio y se aseguró de tener el recibo.

Al subir observó que había un pequeño grupo de gente amontonada en la entrada; estaba lloviendo más fuerte. Metió las aspirinas en el bolsillo y se abrió camino hacia la calle.

No vio a Crab. Por un momento, el corazón le latió más rápidamente, luego trató de calmarse y caminó hasta el edificio frente al cual se habían parado antes. Pensó que quizá había equivocado el camino, pero el reloj del otro lado de la calle continuaba allí y él sabía que no estaba equivocado. Eran un poco más de las doce.

Le dio un escalofrío y se cerró el cuello de la chaqueta para protegerse contra las ráfagas de viento.

Si Crab no regresaba, pensó, podía llamar a Mama Jean a cobro revertido y ella encontraría la manera de que él volviese a Nueva York. Se arrimó más al edificio al arreciar el viento y empujar la lluvia bajo la marquesina. Le sorprendió que estaba preocupado por encontrarse solo en Chicago. Nunca había tenido miedo en Nueva York. Así era como había cambiado su vida. Se preguntó si ahora su vida se parecería más a la de Crab. Y se dijo a sí mismo que no importaba lo que pasara, aun si Crab se había marchado y no podía comunicarse con Mama Jean, él no iba a robar.

—¡Vamos! —Crab pasó a toda prisa junto a él.

Jimmy, sorprendido, lo siguió. Crab caminaba rápidamente, sin preocuparle la lluvia ni la gente que forzaba a apartarse de su camino. Caminaron dos cuadras y luego Crab entró en un hotel.

El portero los examinó de arriba abajo mientras cruzaban el vestíbulo. Crab se fue derecho a un hombre negro uniformado y le preguntó dónde estaba el cuarto de baño. Jimmy notó que Crab había puesto un billete en la mano del hombre.

—Pasando los ascensores, a la izquierda.

En el baño, Crab usó el orinal y seguidamente se lavó las manos. Luego se peinó y se estudió en el espejo.

—¿Cómo se me ve? —preguntó a Jimmy.

—Bien.

—Vamos —Crab salió al vestíbulo del hotel, miró a su alrededor y se encaminó a un mostrador próximo al puesto de diarios y revistas. Era una oficina de alquiler de carros.

La muchacha detrás del mostrador era bonita. Sonrió a Crab y le preguntó qué tipo de carro deseaba. Crab pidió un Ford.

—Tamaño mediano —dijo.

La joven le dio varios papeles para llenar. Jimmy observó a Crab mientras escribía y vio que ponía "Robert Daniels" en la línea del nombre.

—Ve a sentarte —Crab señaló unos asientos cerca del piano.

Jimmy se sentó contemplando sus rodillas. No sabía qué estaba haciendo Crab, pero no le cabía duda que era algo malo.

La solicitud no tomó mucho tiempo. Al levantar la vista, Jimmy vio que Crab entregaba a la joven una tarjeta de crédito. Ella hizo una llamada telefónica y devolvió la tarjeta a Crab. Luego Crab tomó las llaves y llamó a Jimmy.

Se detuvieron en el puesto de periódicos, donde Crab compró galletitas y dos gaseosas. Al salir, doblaron la esquina y Crab mostró las llaves al encargado del estacionamiento. El hombre tomó las llaves y se alejó.

Jimmy no dijo nada, ni aun cuando Crab le

pidió las aspirinas. Sencillamente, las sacó del bolsillo y se las dio.

Cuando trajeron el coche, Crab entregó un dólar al encargado, se sentó al volante y abrió la puerta del otro lado para Jimmy. Momentos más tarde dejaban el estacionamiento y avanzaban por la calle.

Crab condujo lentamente por las congestionadas calles de Chicago hasta que llegaron a un puente. Entonces se detuvo a un costado del camino, abrió el frasco de aspirinas y tomó unas tabletas con gaseosa.

—¿Dónde están Mavis y Frank? —preguntó Jimmy.

—Ellos no vienen —dijo Crab. Tapó el frasco de aspirinas y extendió el brazo frente a Jimmy para guardarlo en la guantera.

—¿Por qué no?

—¿Qué irían a hacer ellos en Arkansas? —observó Crab. Verificó el retrovisor exterior y volvió a la carretera.

—Usted dijo que vendrían —insistió Jimmy—. Yo pensaba que iban a venir.

Crab tomó un trago de la lata de gaseosa, volviendo la cabeza para mantener la vista en el camino. Luego aferró el volante con las dos manos. Jimmy miró hacia atrás, pensando que Chicago tenía algunos edificios bastante altos.

La lluvia arreciaba otra vez, entrando por las ventanillas.

—Sube tu ventanilla —dijo Crab.

Jimmy buscó cómo hacerlo, pero no encontró nada. Miró a Crab y vio que él también estaba buscando.

—Se nos va a inundar el carro —advirtió Jimmy.

Crab lo miró y sonrió.

Era una sonrisa cálida, la mejor sonrisa que le había visto a Crab, y lo hizo sentir bien. Trató de pensar en alguna otra cosa que fuera divertida, pero no se le ocurrió nada. Tal vez fuera mejor que no dijera nada y dejase la cosa como estaba, con aquella sonrisa. Cálida. Amistosa.

Crab encontró los botones de las ventanillas y las subió. Luego encontró también el botón de los limpiaparabrisas. Lo apretó y el coche dio un viraje violento. Crab apretó nuevamente el botón del limpiaparabrisas, pero el coche seguía desviándose. Agarró el volante con ambas manos y frenó bruscamente. La parte trasera del coche patinó hacia el medio del camino, y Jimmy se afirmó, amortiguando el golpe contra el tablero de instrumentos. El coche se detuvo, patinando, al borde del camino.

—¡Diablos! ¿Qué pasó? —Crab apretó otra vez el botón de los limpiaparabrisas y éstos funcionaron perfectamente. Los desactivó, trató de enderezar el coche y se oyó un ruido como de aletazos.

—¿Qué pasa? —preguntó Jimmy.

—¿Te lastimaste?

—No —mintió Jimmy, ignorando el dolor en la mejilla donde golpeara contra el tablero de instrumentos.

Crab se bajó y examinó la parte delantera del vehículo. Luego retiró las llaves del encendido.

—Un pinchazo —dijo—. Probablemente ocurrió al mismo tiempo que hice andar los limpiaparabrisas.

Se dirigió a la parte de atrás del coche y extrajo la llanta de repuesto. Cuando Jimmy vio la llanta se bajó también. Continuaba lloviendo, pero más fuerte que antes.

Crab colocó el gato debajo de la carrocería y levantó el carro. Volvió al portaequipaje para buscar otras herramientas, pero no halló ninguna. Entonces estudió la palanca del gato y vio que podía usarla para quitar el tapacubos. Quitó éste y usó después la palanca nuevamente para sacar la rueda.

—¿Sabes por qué estoy aquí? —dijo. La lluvia se le mezclaba con el sudor en la cara.

—¿Porque Mavis y Frank no quieren ir a Arkansas? —aventuró Jimmy.

—No, me refiero a por qué me escapé de la cárcel —aclaró Crab. Se había quitado la chaqueta y estaba arrodillado sobre ella—. Pon esta tuerca en el tapacubos.

—Usted dijo que quería ir a Arkansas —trató Jimmy otra vez.

—Sí, porque sabía que me estaba engañando a mí mismo —dijo Crab—. En la cárcel pensaba que tal vez me iba a curar, que cumpliría mi condena y podría volver a empezar. Entonces, un día, un amigo mío murió.

—¿En la cárcel?

—Sí, cuando uno está afuera no piensa que la gente también muere en la cárcel. Uno piensa que los presos cumplen su condena y salen libres. Pero muchos mueren encerrados, algunos de ellos a manos de otros presos. Hay quienes se enferman, como yo. Y hay también quienes sencillamente se cansan de vivir. ¿Entiendes lo que quiero decir? La vida deja de tener sentido para ellos y entonces tratan algo diferente. Y lo único que saben, aparte de vivir, es morir.

Crab sacó la tuerca que quedaba y se la pasó a Jimmy. Respiraba forzadamente.

Crab agarró la llanta de repuesto y trató de encajarla en la rueda. No lo consiguió y la dejó caer al suelo.

—¿Qué pasa? —preguntó Jimmy.

—No encaja. Pusieron en el portaequipaje una llanta que no corresponde.

—¿No puede levantar más el carro?

Crab lo miró, recogió la llanta y la puso contra la rueda. Se dio cuenta de que no había levantado el carro lo suficiente y usó otra vez el gato. Al tratar nuevamente, la llanta encajó. Empezó entonces a poner las tuercas.

—Comprendí que me estaba engañando a mí mismo en la cárcel —continuó diciendo Crab—. Toda mi vida anduve sin rumbo fijo. Estando preso, un día me prometía que al salir empezaría una nueva vida. Al día siguiente, me decía que haría algo para hacerme rico. Y cuando por fin logro salir, me doy cuenta que sigo siendo el mismo Crab y que el mundo no ha cambiado nada. ¿Entiendes lo que digo?

—Creo que sí —dijo Jimmy.

—Pensé que lo único cierto era que tenía un hijo en alguna parte. Un hijo que me odiaba por haber matado a alguien.

—Yo no lo odio —dijo Jimmy.

La llanta quedó instalada y Crab bajó el carro.

—Pon esa llanta vieja en el portaequipaje —indicó.

Jimmy hizo lo que pedía Crab. La llanta era más pesada de lo que había supuesto. Luego recogió el gato y la otra herramienta y los guardó también en el portaequipaje.

Crab terminó de colocar el tapacubos después de varias patadas y subió al coche. Jimmy sentía frío y estaba mojado cuando subió a su vez.

—¿Tú tienes las llaves? —preguntó Crab, mirándolo.

—No.

Crab se bajó y buscó por donde había estado de rodillas, luego fue a la parte trasera y encontró las llaves en el portaequipaje. Un minuto más tarde estaban en camino.

—Tan pronto como salí y empecé a andar de un lado a otro me olvidé de cuanto sabía. Volví a pensar de la manera que lo hacía antes de meterme en líos. Creí que podía tocar la trompeta porque jugaba con ella estando adentro, y que una vez afuera podría volver con Mavis otra vez.

—A lo mejor estaban retrasados —sugirió Jimmy.

—Yo la llamé. Dijo que tenía otras cosas que hacer, que quién me pensaba que era yo.

—¿Ella dijo eso?

—Sí, y además tiene razón. Yo tenía todo bien planeado en la cárcel. Después salí al aire libre y lo olvidé todo. Lo único que tengo en esta vida eres tú. Y ni siquiera te conozco.

—Yo no lo odio —repitió Jimmy.

—No es tan simple —dijo Crab—. Eso no es todo lo que uno necesita para ser feliz.

—¿Qué necesita usted?

Crab alargó la mano por un costado y tanteó hasta hallar la palanca que ajustaba el asiento.

—Supongo que necesito poder pensar en algo bueno de mí mismo —dijo Crab—. Necesito mirarme en el espejo y ver a alguien que pueda respetar. Quizá, incluso, mirarte a ti y ver a alguien que yo pueda respetar, y que me respete a mí.

Jimmy no contestó. No sabía qué era lo que Crab quería pensar, o cómo iba a conseguir lo que deseaba. Tampoco sabía qué decirle a Crab. Fijó la vista en el asiento y vio que sólo los separaban unas pulgadas, aunque había una enorme distancia entre ellos.

—¿Por qué firmó con otro nombre para alquilar el carro? —preguntó Jimmy.

—Porque estoy enfermo de muerte —dijo Crab, sin apartar los ojos del camino—. No tiene importancia cómo consiga lo que quiero.

Iban devorando velozmente las millas. Dejaron atrás la lluvia, pero el cielo estaba aún gris. Crab suspiraba con frecuencia, levantando y echando hacia adelante los hombros, exhalando el aire con fuertes soplidos. También se movía mucho en el asiento como si no hallara una posición cómoda.

Seguían cubriendo distancias, viendo pasar borrosamente casas, carteleras y estaciones de servicio. Jimmy buscaba afanosamente las palabras. Había algo que sentía en su interior, algo que Crab casi había dicho.

Jimmy pensó en algunas de las cosas que podía decir, cosas como "usted me cae bien", pero no le salían. Realmente no le gustaba Crab. Quería saber más acerca de él, necesitaba conocerle, pero realmente no le gustaba. Pensó que algún día, si todo iba bien, tal vez llegara a cobrarle afecto.

—¿Cómo era su padre? —le preguntó Jimmy.

—¿C. C. Little? —Crab sonrió.

—¿Así se llamaba? —preguntó Jimmy—. ¿C. C.?

—Sí, ése era su nombre. O al menos así lo llamaban todos —Estaban pasando un autobús de Greyhound y un niño los saludó con la mano desde la ventanilla. Jimmy deseó devolverle el saludo, pero no quiso que Crab lo viera—. Yo acostumbraba verlo más o menos dos veces al mes. Él era cocinero en la ruta del sur del ferrocarril. Su verdadero nombre era Charlie . . . o acaso Charles. Pero la gente lo llamaba C. C., por Circuito del Condado. Como en esa canción . . . "C. C. Rider". ¿La has escuchado?

—No.

—Probablemente es de antes de tu época —dijo Crab—. De todos modos, él cocinaba en esa ruta. En ese entonces se comía bien en los trenes, ¿sabes? Estaba ausente por varias semanas cada vez. Y cuando quedaba libre andaba callejeando hasta que venía a casa para que le limpiasen la ropa. Mi madre le lavaba y planchaba la ropa, y luego se marchaba. A veces, cuando iba a Luisiana, nos traía caña de azúcar. El tren pasaba por New Orleans. No iba a Texas en esos tiempos.

—¿Usted acostumbraba salir con él?

—¿Con mi papá? —Crab meneó la cabeza—. Él estaba siempre en los trenes, y además tenía sus amigos. No tenía tiempo para andar con niños.

—¿Por qué no?

—Así era su vida, simplemente —dijo Crab.

—¿Él vivía con ustedes?

—Sí, cuando estaba en casa.

—¿Él vivía allí y nunca salía con usted?

—Una vez, yo tenía doce años. Sé que tenía doce porque tenía un rifle que me regalaron al cumplir los doce años —dijo Crab—. Él iba a salir de caza y mi madre le pidió que me llevara. Él no quería llevarme, pero cuando llegó la hora de partir me dijo que lo siguiera y que no abriese la boca. Iban a cazar mapaches. Era muy temprano en la mañana cuando salimos. Anduvimos por el bosque un rato. Éramos cinco hombres, incluyendo a mi padre, y a mí. Los perros que teníamos no valían mucho, como tampoco los cazadores. Recorrimos el bosque casi todo el día. Creo que mataron algunas aves y un par de liebres. Luego fuimos a una vieja cabaña que uno de ellos tenía en el bosque, encendieron una fogata y se sentaron a beber alrededor de la hoguera por el resto del día. Mi papá me ofreció un trago y lo rechacé.

—"Ahora estás en compañía de hombres" —me dijo—. "Tienes que actuar como un hombre." Entonces tomé un trago y me sentí bien.

—¿Salieron mucho juntos después de eso? —quiso saber Jimmy.

—Ésa fue la única vez que me llevó con él —dijo Crab—. Yo estaba en la cárcel cuando murió.

—¿Eso lo hizo sentir triste?

—No me hizo sentir triste. No me hizo sentir nada, la verdad. —Crab sacudió la lata de gaseosa y comprobó que estaba vacía. Jimmy le dio lo que quedaba en la suya—. Dame esas aspirinas que están en la guantera.

Jimmy le pasó las aspirinas y lo observó mientras abría el frasquito con una mano, haciendo saltar la tapa con el pulgar. La tapa voló hasta el parabrisas, rebotó cerca de Jimmy y cayó al piso del coche. Jimmy la recogió y se la entregó a Crab.

—Si no le gustaba su compañía, ¿quiénes le gustaban? —preguntó Jimmy.

—Le gustaban las mujeres, mayormente —dijo Crab.

—¿Cómo Mavis?

Crab se volvió para mirar a Jimmy. Sacudió la cabeza y levantó y dejó caer los hombros dos veces.

—Mavis no me gusta —dijo—. No me gusta tanto. Pero juntarme con Mavis significa que vivo la vida. ¿Me comprendes?

—No.

—Significa que estoy haciendo algo. Tengo una mujer, puedo compartir cosas con ella.

—¿Usted quería a su padre? —preguntó Jimmy.

Crab encendió la radio, apretó botones hasta

encontrar una estación que le gustara, y condujo el carro a la vía de alta velocidad.

Jimmy quería preguntarle qué aspecto tenía su padre. Trató de imaginarse a Crab de niño, sentado junto a su padre. Era difícil, sin embargo, imaginarse a un adulto cuando era niño. Observando a Crab en el carro, a medida que declinaba el día y las luces de neón se reflejaban en sus facciones angulosas, era difícil imaginárselo distinto de lo que era: un extraño, de piel oscura, encorvado sobre el volante de un carro alquilado.

Poco después, Jimmy se sintió dominado por el sueño y no resistió. Pensó en Mama Jean, a una distancia inaccesible detrás de él. Frente a él, en algún lugar entre las sombras, estaba Arkansas.

Cuando Jimmy despertó, empezaba a amanecer entre dos edificios blancos. El coche estaba estacionado bajo un árbol en una callejuela. Su corazón dio un salto al ver que Crab no estaba junto a él. Miró en el asiento trasero y lo vio dormido, acurrucado de tal manera que parecía más pequeño de lo que era.

El cielo estaba gris, pero con una franja luminosa que se extendía desde el extremo de un asta de bandera. Hacía calor en el carro, un calor casi sofocante. Las ventanillas estaban cerradas. Jimmy apretó los botones que las activaban, pero nada pasó. Miró otra vez a Crab, escuchó por un momento su respiración sorda y raspante, y entonces abrió la puerta. Corría una brisa, no mucha, pero era algo y le refrescó la frente. Sentía un olor que no pudo reconocer. Había más claridad ahora que cuando despertara . . . la franja luminosa se había ensanchado en una gran porción de cielo brillante.

Jimmy se paró, estiró el cuerpo, y sintió necesidad de ir al baño. La callejuela estaba desierta. De un lado, había vehículos estacionados, camiones en su mayoría. El otro lado estaba libre. Había una valla de hierro forjado, todavía en sombras, y Jimmy se dirigió allí, miró en torno y orinó contra la valla.

Al volver al coche cerró suavemente la puerta. Echó un vistazo a Crab en el asiento trasero. Apenas podía distinguir su rostro en la escasa claridad.

Un camión dobló la esquina y avanzó por la callejuela hacia el carro. Jimmy se hundió en el asiento, escuchando el zumbido del motor que se aproximaba y luego se alejaba.

Alzó la cabeza y vio que el camión continuaba calle abajo. Se preguntó cuánto tiempo llevarían estacionados allí. Pensó que tal vez Crab hacía poco que dormía, o que tal vez llevaba muchas horas durmiendo y deseaba despertarse temprano. Consultó el reloj del carro. Eran las seis menos siete minutos. Apareció un carro en la callejuela, se detuvo frente al más blanco de los dos edificios que había visto al despertarse y una figura oscura bajó y se dirigió a la entrada. Momentos más tarde, el recién llegado, quienquiera que fuese, había desaparecido por la puerta principal y el carro continuó su marcha. Jimmy consultó nuevamente el reloj y vio que eran las seis menos seis minutos. Calculó que la gente estaría llegando a trabajar.

¿Está despierto? —preguntó, poniendo la mano sobre el hombro de Crab.

Crab soltó un gruñido. Jimmy volvió a tocar el hombro de Crab y esta vez no retiró la mano.

Era una sensación extraña tocar a Crab. Jimmy le había hablado, había estrechado su mano, pero nunca había tocado realmente su cuerpo.

—¿Crab? —llamó con voz queda. Presionó suavemente con los dedos el hombro que se inclinaba hacia adelante en la semioscuridad. Era duro, y Jimmy dudaba si sería músculo o sólo hueso. Tocó su propio hombro. Era blando. No realmente blando, pero más blando que el de Crab—. ¡Eh! ¿Está despierto?

Crab se movió y abrió los ojos.

—¿Qué hora es? —preguntó. La voz era apenas audible.

Jimmy miró otra vez el reloj del coche antes de responder.

—Las seis y siete —dijo.

Crab exhaló con fuerza, se apoyó en el respaldo del asiento delantero y se enderezó.

—¿Sabías que roncabas? —preguntó.

—No, yo no ronco —negó Jimmy.

—Sí que roncas —reafirmó Crab—. Tienes

ronquidos de bebé. Cuando tu mamá te trajo recién nacido del hospital ya roncabas. Ella pensaba que era la cosa más graciosa.

—¿Y qué pensaba usted?

Crab volvió la cabeza para mirar por la ventanilla. La claridad del día le dio en la cara, dándole un brillo que lo hacía parecer asustado. Se encogió de hombros, como contestando a una pregunta que se hubiera hecho a sí mismo. Luego estiró las piernas, primero una y después la otra, se las frotó, abrió la portezuela y se bajó.

—¿Estamos en Arkansas?

—Muy cerca ya —dijo Crab, apoyándose en el carro, con el codo en el marco de la ventanilla—. Estamos en Memphis, Tennessee. Cuando crucemos el río estaremos en West Memphis, que se encuentra en Arkansas. Después seguimos un poco por carretera y llegamos a Marion. Ésa es mi ciudad natal.

Crab dio un paso y soltó un quejido. Jimmy lo miró por encima del respaldo del asiento. Crab estaba parado contra el carro, de modo que tenía el pecho en la ventanilla. Jimmy pensó que se encontraba bien, hasta que vio su mano izquierda aferrada al marco de la puerta. Los dedos estaban tensos, los nudillos encallecidos parecían apretarse y relajarse. Crab se quejó otra vez.

Jimmy se bajó del carro por su lado y miró a

Crab, quien tenía la frente apoyada en el techo azul plateado del vehículo.

—¿Se siente bien? —preguntó.

No tuvo respuesta. La cabeza de Crab seguía apoyada en el techo del carro.

—¿Quiere las aspirinas? —preguntó Jimmy.

Crab se enderezó y alzó y hundió los hombros para relajarlos. Luego caminó hacia la parte trasera del carro. Jimmy fue a su encuentro por el otro lado.

—Me hará bien caminar —dijo Crab.

Caminó alrededor del carro, sosteniéndose con una mano, arrastrando los pies. Tenía la frente cubierta de gotas de sudor. Jimmy se apartó de su paso y se apoyó en el carro. Pensó en volver a subir, pero quería estar afuera en caso de que Crab se cayera.

Crab estuvo caminando durante casi cinco minutos antes de volver al carro. Jimmy subió con él. Crab no dijo nada, sencillamente apuntó a la guantera.

Jimmy le dio las aspirinas.

—Duele mucho, ¿no?

—Sí —Crab puso en marcha el motor—. Cuando estoy sentado sin moverme por mucho tiempo. Entonces tengo que caminar un poco o recostarme con una almohadilla caliente en la espalda.

¿Ha visto a un médico?

—¿No me preguntaste eso antes?

—¿Qué dijo?

Crab se volvió a medias en el asiento para mirar hacia atrás y se apartó de la acera.

—Los médicos no pueden ayudarme —dijo Crab—. Todo lo que necesito ahora es organizar todas mis cosas.

—¿Qué cosas? —preguntó Jimmy.

Volvió la cabeza hacia la ventanilla mientras pasaban por una pequeña vivienda. Había tres gatos, dos negros y uno gris, echados en la baranda del portal; una mujer delgada, cuyos brazos blancos emergían de extraños ángulos en su descolorido vestido floreado, estaba de pie en el umbral detrás de los gatos.

—Tengo que hacerle decir la verdad a Rydell —dijo Crab.

—¿Si él dice la verdad, lo pondrán en libertad?

—Para cuando terminen de arreglar todo el papeleo . . . —la voz de Crab se desvaneció—. ¿Tienes hambre?

—No —mintió Jimmy.

Viajaron durante cinco minutos más antes de que Crab se detuviera a preguntarle a un viejo de espaldas encorvadas el camino al puente.

—¿Usted quiere decir el puente "M"? —preguntó el anciano.

—Sí —Crab afirmó con la cabeza.

—Siga por esta calle hasta la segunda luz —el anciano escupió en el suelo—. Entonces doble a la izquierda y siga hasta Carroll. Una vez allí, pasada la estación de servicio, lo verá.

—Muchas gracias —dijo Crab.

Avanzaron una cuadra y vieron señales de tráfico que indicaban el camino al puente.

—Cuando lleguemos a Marion tienes que tener cuidado con lo que dices —previno Crab—. Rydell sabe dónde he estado, pero no sabe que me escapé.

—Está bien.

Jimmy miró el reloj en el tablero de instrumentos. Indicaba: "8:24". Memphis, Tennessee, comenzaba a despertar. Los carros que circulaban a esa temprana hora eran viejos y muchos estaban cubiertos de polvo. Los trabajadores, muchos de ellos vistiendo overoles, caminaban por las calles con paso mesurado. En la estación de servicio que les indicaran había tres furgonetas estacionadas y unos hombres gordos tomaban café en vasos de plástico de color azul.

Llegaron al puente y Crab detuvo la marcha mientras un perro hurgaba en una bolsa de papel en medio de la carretera. Dos muchachos se apoyaron contra la cerca que había junto al puente para observar la escena.

—Así es Memphis —dijo Crab—. En algunos sitios es una ciudad tan agitada como Nueva York, pero en el fondo es más tranquila. La gente se para a observar lo que pasa en el mundo.

En tanto que Memphis, Tennessee, estaba despertando, West Memphis parecía estar todavía durmiendo. Pasaron por casas que parecían inclinarse hacia el lado opuesto del camino. En esa parte de la ciudad los portales eran altos, con verjas en las que faltaban listones, y macetas de flores que parecían fuera de lugar.

—Mire eso —Jimmy señaló el humo negro que salía de la chimenea de una de las casas.

—Estufa de carbón —dijo Crab—. Ese humo tan sucio tiene que ser de carbón. La madera arde con humo limpio. A veces, la gente va a los cercados a robar ese carbón blando, que produce un humo horrible.

A medida que atravesaban la ciudad, el espacio entre las casas se hacía cada vez más grande, hasta que la ciudad parecía desaparecer para convertirse en campo. Las casas aquí no eran mejores que las de la ciudad. Detrás de ellas se veían campos de tallos verdes y amarillos. Jimmy pensó que podía ser maíz. Una vez había visto fotos de cultivos de maíz; el paisaje era brillante y alegre. Éste no lo era. Era brillante, pero casi hasta el punto de no tener color.

—La sección de los blancos es bonita —dijo Crab—. Tienen un Holiday Inn, muchos comercios nuevos. Es casi parte de Memphis.

Continuaron viaje hasta llegar a una hilera de edificios de techo plano que le recordaron a Jimmy los pueblos que había visto en las películas del Oeste. Pero la gente del lugar no parecía diferente de la que había en la casa de Mama Jean. Algunas personas estaban de pie; otras, sentadas; otras, se apoyaban contra las casas, pero ninguna de ellas parecía ocupada en algo determinado.

Crab arrimó el carro a uno de los edificios. Sobre una ventana había un letrero que decía: BLUE LIGHT.

Crab se bajó rápidamente, e hizo una mueca al sentir otra vez el dolor de espalda. Jimmy se bajó del otro lado.

Un hombre corpulento que vestía overol los miró fijamente. Tenía una mano en el peto del overol y la banda del sombrero que llevaba estaba teñida de sudor.

—Buenos días —saludó Crab.

El hombre inclinó la cabeza a modo de respuesta y enseguida desvió la mirada calle abajo como si no debiera hablar con un extraño. Crab se dirigió a la puerta y la abrió.

El piso de Blue Light era de madera y disparejo. Jimmy sintió que se le aflojaban ligeramente los tobillos; sentía cansancio en las piernas, en todo el cuerpo. A un lado del salón se extendía un mostrador. En los estantes detrás de éste había sacos de harina, arroz, y grandes latas de habas y de quimbombó. Más allá del centro del mostrador había una caja registradora. En la pared del fondo, pasando el mostrador, se veían botellas de bebidas alcohólicas y vasos. Sobre el bar colgaba una foto de Martin Luther King junto a un cuadro de Jesús tocando un corazón que parecía suspendido en frente de su pecho.

Había cuatro mesas del otro lado del salón, y Crab se sentó a una de ellas.

—No es gran cosa, ¿verdad? —dijo Crab, sonriendo.

Jimmy se alzó de hombros.

—Cuando era un muchacho —prosiguió Crab—, solía pensar que lo mejor del mundo era sentarse aquí o venir a uno de los bailes que acostumbraban organizar en este salón. Y, a veces, cuando nadie miraba, ir al fondo a tomar un trago.

—¿Usted bebía cuando era un muchacho?

—Un poco —dijo Crab—. ¿Te molesta?

—Preguntaba por curiosidad —dijo Jimmy.

—No, no bebía mucho. De vez en cuando, si tenía unas monedas y había chicas alrededor, o muchachos mayores que yo, compraba un trago para demostrar que era un hombre. El licor era tan fuerte que, si no tenías cuidado, te volvía a la garganta más rápido de lo que iba al estómago.

—¿Trataba de ser un hombre como quería su padre? —dijo Jimmy.

Crab no contestó enseguida. Jimmy se daba cuenta de que estaba pensando la respuesta, y pensó que tal vez no debería haber hecho la pregunta.

—Sí —dijo finalmente Crab—. Algo parecido.

Salió una mujer del cuarto trasero, miró a Crab y Jimmy, y vino hacia ellos.

—¿Desean algo de comer? —preguntó.

—Déme dos huevos revueltos —pidió Crab—. ¿Tienen lascas de tocino?

—No, pero tenemos jamón.

—¿Fresco?

—Sí —repuso la mujer—. ¿Ustedes son de por aquí?

—Hace tiempo vivía cerca de Los Barracones —dijo Crab—. Tengo parientes en Marion.

—Me pareció haberlo visto antes —dijo ella—. ¿Qué deseas tú, muchacho?

—Un poco de cereal —dijo Jimmy.

—Tenemos bollos —ofreció la mujer—. ¿Quieres bollos con salsa blanca mezclada con jamón?

Jimmy asintió y la mujer comenzó a alejarse, pero Crab alzó la voz para preguntarle:

¿Hace mucho que no ve a Rydell?

La mujer se detuvo, volviéndose hacia Crab.

—Viene por aquí de cuando en cuando —dijo—. ¿Usted es amigo de él?

—Solíamos salir juntos —dijo Crab.

La mujer miró nuevamente a Crab y se encaminó hacia el fondo.

Crab buscó en sus bolsillos hasta que encontró una pequeña libreta de direcciones. Pasó varias páginas y mostró un nombre a Jimmy, que indicaba: *Rydell Depuis.*

—Llámalo —dijo Crab—. Dile que he estado buscando al curandero. Pregúntale si alguien ha estado buscándome.

—¿A quién? —preguntó Jimmy.

Crab empujó la libreta de direcciones hacia Jimmy y le indicó el número de teléfono con una inclinación de cabeza.

Jimmy no quería hacer la llamada. No le gustaba hablar con gente que no conocía, especialmente para decir cosas que ni siquiera comprendía. Quería preguntarle a Crab qué debería decirle a Rydell si éste le preguntaba quién era el curandero.

Se encaminó al teléfono. Se dio cuenta de que no tenía monedas para llamar y volvió hacia donde estaba Crab. A mitad de camino vio que Crab metía la mano en el bolsillo, sacaba cambio y lo ponía sobre la mesa.

Jimmy sonrió al tomar el cambio. No dijo nada,

y Crab tampoco. Pero Crab sonrió, y eso lo hizo sentirse bien.

—¿Hola? —dijo Jimmy, respondiendo a la voz en el otro extremo de la línea—. ¿Está Rydell?

—¿Quién habla?

—Jimmy, Jimmy Little.

Jimmy oyó la voz llamando a Rydell. Se sintió incómodo. Tuvo ganas de volverse y ver si Crab lo estaba observando, pero no lo hizo. No entendía por qué deseaba que Crab pensara que él sabía desenvolverse. Hacer una llamada telefónica no era una cosa tan importante, pero quería hacerlo lo mejor posible.

—¿Hola? —La voz en el otro extremo sonó como un susurro ronco.

—¿Hablo con Rydell?

—Sí, ¿qué desea?

—Crab me pidió que le diga que está buscando al curandero —dijo Jimmy—. También quiere saber si alguien lo está buscando a él.

—¿Quién?

—Crab —dijo Jimmy.

—¿Crab Little? —La voz sonó más alto.

—Sí —repuso Jimmy, contento de que Rydell hubiera reconocido el nombre de Crab.

—¿De dónde llama?

—De un lugar . . . —Jimmy miró a su alrededor— Es como un restaurante. Se llama Blue Light.

—¿Crab Little está ahí en el Blue Light?

—Sí.

—Bueno, bueno —Había momentos en que Jimmy podía oír la respiración del hombre en el otro extremo. Escuchó atentamente, como si esa respiración pudiera decirle algo—. Dígale que el curandero está aquí —dijo la voz susurrante—. Pero que no venga aquí a crear problemas.

Un chasquido metálico en el otro extremo le indicó que colgaban el auricular. Jimmy colgó el suyo cuidadosamente. Se volvió hacia Crab y lo vio sentado con la cabeza inclinada hacia adelante, los ojos intensos bajo la amplia frente. Crab estudió a Jimmy mientras éste volvía a la mesa.

—Dijo que el curandero estaba allí —informó Jimmy—. Pero que no fuera usted a crear problemas.

Crab asintió con la cabeza.

—¿Quién es el curandero? —inquirió Jimmy.

Crab sostuvo la taza de café con ambas manos y contempló el negro líquido.

—El único lugar donde hacen un café peor que aquí es en Kansas City, Kansas —dijo—. Creo que deben tener lugares especiales donde enseñan cómo arruinar el café.

Jimmy sonrió.

—¿Adónde vamos ahora? —preguntó.

—Tenemos que ir a ver al curandero —dijo

Crab—. Veremos qué me dice. No tenemos mucho tiempo que perder.

—¿El curandero puede marcharse?

—No, él va a estar allí —aseguró Crab—. Pero Rydell va a estar alerta. Él sabe que me hicieron una mala jugada. Ahora mismo debe estar tratando de averiguar qué estoy haciendo aquí. Veré al curandero y así tendré una mejor idea de cuánto tiempo puedo disponer. Entonces sabré cómo actuar con Rydell.

Crab apartó su plato.

—¿Está sin hambre? —preguntó Jimmy.

—No *tengo* hambre —lo corrigió Crab, sonriendo—. Di: "No *tiene* hambre.".

—Supongo que no tiene hambre —dijo Jimmy.

—¿Sabes cuánto he esperado para poder decir una cosa así?

—¿Qué está sin hambre?

—Quizás esperé demasiado —dijo Crab—. Vamos.

—Quise decir, que no *tiene* hambre —se corrigió Jimmy. Miró a Crab y se alzó de hombros.

—Estamos pasando un poco de tiempo juntos, después de todo, ¿no? —dijo Crab.

Se puso rígido y se agarró del borde de la mesa. Luego se enderezó.

Jimmy miró a la mujer que los había servido.

Estaba inclinada sobre el mostrador observando a Crab. No se movió cuando vio a Crab doblado por el dolor. La expresión de su rostro tampoco cambió. Jimmy clavó la mirada en el piso por un momento, luego echó a andar detrás de Crab cuando se dio cuenta de que éste se encaminaba a la salida.

Crab se detuvo cerca de la puerta, sacó del bolsillo un arrugado billete de cinco dólares y lo puso en el mostrador, junto al codo de la mujer.

—¿Es suficiente? —preguntó.

—¿No le gustaron los huevos? —preguntó ella, tomando el dinero. Tenía manos gruesas, con dedos oscuros y rollizos que arrugaron aún más el billete en la palma de su mano.

—Es el calor —dijo Crab—. Le quita a uno el apetito.

—Usted ha estado fuera de aquí —dijo la mujer—. Ya se acostumbrará otra vez.

—Seguramente —convino Crab.

Minutos más tarde estaban en camino. No habían recorrido más de una milla cuando Jimmy preguntó si faltaba mucho para llegar a una estación de servicio.

—Tengo que ir al baño —explicó.

—¿Necesitas sentarte?

—No —dijo Jimmy.

Crab detuvo el coche al borde del camino y paró el motor. Jimmy se bajó y fue detrás de un árbol. Mientras orinaba, miró a su alrededor. Era realmente campo. Había casas parecidas a las viejas casas que había visto en libros ilustrados. En los libros las casas se veían llamativas, bonitas. Pero en estas casas había gente viviendo en ellas, hombres parados en los portales con las manos en los bolsillos. Uno nunca podía verles las manos, pensó Jimmy. A veces se veían mujeres, e incluso bebés gateando delante de la casa. No había muchos carros, y las casas estaban retiradas del camino.

Jimmy se arregló la ropa y regresó al carro. Crab empezó a hablar como si no hubiera dejado de hacerlo.

—Si te enfermas —dijo—, el curandero puede atenderte tan bien como un verdadero médico. A veces, mejor, depende de lo que tengas.

—¿Qué tiene usted? —preguntó Jimmy.

—Algo anda mal con mis riñones —dijo Crab—. Ya pasará.

—¿No ha visto a un verdadero doctor?

—Claro que sí —dijo Crab—. Necesito un poco de descanso, alguna medicina. Tal vez una buena limpieza de la sangre.

—Rydell sonaba extraño —dijo Jimmy.

—¿Voz de una persona mala?

—Sí.

—Desde que lo conozco, ha estado cultivando

esa voz de malvado —dijo Crab—. Yo acostumbraba jugar a las canicas con él cuando éramos niños. Si le ganabas sus canicas, ponía esa voz de malvado para que se las devolvieras, pero en realidad no era malo. A veces me pregunto qué hubiéramos llegado a ser si las cosas hubiesen sido diferentes.

—¿Diferentes cómo? —Jimmy volvió la cabeza para ver a una mula que pasaba, que era puro pellejo y huesos.

—Si hubiese ocurrido esto o aquello —dijo Crab—, no sé. A lo mejor, si antes de meterme en líos hubiera tenido el tiempo para pensar que tuve después . . . Lo curioso es que en la cárcel te dan todo ese tiempo para pensar en tu vida, pero después, una vez libre, lo desperdicias afanándote por crear un buen imagen.

—*Una buena* imagen —corrigió Jimmy—. Imagen es palabra femenina.

—Vamos camino de ser dos expertos en lenguas —dijo Crab, dando a Jimmy una palmada en la pierna—. Dentro de un rato podríamos parar para tomar algo.

—Buena idea —dijo Jimmy. Se sentía cómodo, relajado. Reclinó la cabeza en el respaldo del asiento mientras Crab encendía la radio y buscaba una estación para escuchar *blues*.

—¿Qué te parece si paramos para comprar algunos víveres antes de llegar a Marion? —preguntó Crab.

—Bueno —dijo Jimmy—. ¿Nos quedaremos en un hotel en Marion?

—No —dijo Crab—. Con una gente que conozco.

Viajaron durante casi media hora. Crab señalaba los lugares donde había estado cuando era niño y Jimmy trataba de imaginárselo en esos sitios.

Eran casi las dos cuando llegaron a un centro comercial. Crab empezó a bajarse del carro, hizo una mueca y exhaló el aire con fuerza mientras sus manos se crispaban en el volante.

—¿Quiere que yo vaya a hacer la compra? —se ofreció Jimmy.

—Sí —repuso Crab—. Compra un poco de galletas y queso, y algunas otras cosas.

Mientras Crab buscaba en sus bolsillos, Jimmy se levantó el pantalón y sacó el dinero que le diera Mama Jean.

—Tengo esto —dijo.

—¿Cómo lo conseguiste? —preguntó Crab suavemente.

—Mama Jean.

Crab asintió con la cabeza, buscó en los bolsillos y sacó varios billetes estrujados.

—Guarda tu dinero en caso que lo necesitemos más adelante —dijo.

Jimmy tomó el dinero que le daba Crab y entró en una tienda llamada Quinn. Pensó en Mama Jean mientras estaba allí. Encontró un carrito, lo empujó por la tienda y compró queso, galletas, hojuelas de papas fritas, un paquete de salchichón y una caja de seis gaseosas.

Al pagar, vio que tenía que guardar la compra él mismo. La muchacha detrás del mostrador era delgada y tenía un hueso que iba de un lado a otro de la parte superior del pecho y que él no creía tener. Ella le sonrió y él le sonrió a su vez.

Miró por la ventana y no pudo ver el carro. Puso entonces la bolsa en el suelo y se metió en la cabina de teléfono. Marcó y esperó una eternidad antes de oír su voz.

—¿Mama Jean?

—¿Jimmy? ¿Eres tú, Jimmy?

—Sí —respondió él—. Estamos en Arkansas.

—¿Arkansas?

—Ajá —Jimmy se alegró de oír su voz, de haberla encontrado en casa—. Aquí es donde vivió Crab cuando era niño.

—Bueno, ¿y cómo estás, mi niño?

—Estoy bien, muy bien —dijo Jimmy—. Pero creo que Crab está enfermo.

—Él no sabe que tienes ese dinero, ¿o sí?

—Sí, ya lo sabe —dijo Jimmy—. Me dijo que lo guardara.

—Estuve pensando, si necesitas algo, no tienes más que llamarme y yo puedo mandarte más dinero por Western Union —dijo Mama Jean. Pienso en ti todo el tiempo, Jimmy. ¿Extrañas a Mama Jean?

—Tengo muchas ganas de volver a verla, Mama Jean —dijo Jimmy—. Cuando terminemos aquí tal vez podamos volver a Nueva York y vivir los tres juntos. ¿Qué le parece?

—Ya veremos, corazón.

—¿Mama Jean?

—¿Jimmy?

—Tengo que irme ahora —dijo él—. Sólo deseaba llamarla y hacerle saber que estoy bien y . . . que la quiero.

—Jimmy . . . cariño . . . yo también te quiero —dijo Mama Jean.

—Bueno, adiós —dijo Jimmy.

—Adiós, mi niño.

Había llanto en la voz de Mama Jean al decirle adiós, llanto que penetró en Jimmy, que le oprimió el pecho, y supo que estaba por llorar él también.

No iba a llorar. Él quería a Mama Jean. Dios sabía cómo la quería, pero también estaba empezando a gustarle Crab. No tanto como le gustaba Mama Jean, pero estaba empezando a cobrarle afecto.

Cuando Jimmy salió, Crab estaba parado cerca de la parte trasera del carro.

—Llamé a Mama Jean —dijo Jimmy.

—¿Qué te dijo? —preguntó Crab.

—No mucho —dijo Jimmy—. Quería saber cómo me iba.

—¿Dijo algo acerca de mí?

—Creo que no —dijo Jimmy—. Ya sabe cómo se preocupa a veces.

—Necesito algo fresco para beber —dijo Crab—. ¿Tienes las aspirinas?

—Sí, están en la guantera. ¿Le volvió el dolor?

—No, sólo el mismo dolor de siempre —dijo Crab—. Busca las aspirinas y vamos a tomar una soda.

—¿Guardamos estas cosas en el portaequipaje?

—No, estamos en Arkansas —dijo Crab—. No necesitas guardar nada bajo llave aquí. Deja eso en el asiento de atrás.

Jimmy puso la bolsa en el asiento trasero y sacó las aspirinas de la guantera.

Fue agradable entrar en la cafetería con aire acondicionado. En una de las mesas había un grupo de muchachos blancos; uno de ellos tenía una calavera tatuada en el hombro.

—Cuando yo era chico no podía entrar aquí y sentarme a tomar una soda —dijo Crab, mientras se sentaba a una mesa—. Uno podía venir, comprar la soda en el mostrador y llevársela, pero eso era todo.

—¿No tenían asientos entonces?

Crab fijó la mirada en Jimmy, la apartó y volvió a fijarla en él.

—¿Nunca oíste hablar de la segregación racial?

—Sí, oí hablar de eso —dijo Jimmy, un poco herido por el tono acusador en la voz de Crab.

—¿De qué se trataba? —dijo Crab.

—¿Era cuando a alguna gente no le gustaba Martin Luther King? —intentó Jimmy—. ¿Y no dejaban votar a los negros, y cosas así?

—Era cuando habían dividido el mundo en blancos y negros —dijo Crab—. Y hacían cosas para asegurarse de que no te olvidaras lo que eras. Cosas como obligarte a tomar la gaseosa afuera.

Crab volteó la mirada hacia el mostrador y la apartó enseguida. Jimmy miró en esa dirección y vio a un policía hablando con el hombre que atendía la caja registradora. Jimmy se puso tenso.

—¿Quiere que nos vayamos? —preguntó en voz baja.

—No —dijo Crab.

La camarera que los había atendido tenía lindos ojos y pecas alrededor de la nariz. La etiqueta con su nombre decía: "Spring".

Crab miró el menú mientras esperaban, y Jimmy se preguntó si estaría nervioso por la presencia del policía. Cuando la camarera les trajo el té, Jimmy lo probó y lo encontró falto de azúcar. Lo endulzó un poco más y lo revolvió con la cucharita que había traído la muchacha. En ese momento vio que el policía se dirigió al grupo de jóvenes, les dijo algo que Jimmy no alcanzó a oír, y el muchacho del tatuaje, que había estado parado apoyando un pie en el asiento, lo bajó.

El policía miró a su alrededor, vio a Jimmy observándolo y se acercó a ellos.

—¿Qué tal, cómo les va? —Llevaba un ancho cinturón de cuero con dos hileras de balas.

—Bien —repuso Jimmy.

—¿Ustedes son de por aquí? —preguntó el agente.

—De Forrest —contestó Crab—. Hemos vivido en Nueva York en los últimos años. Vinimos a visitar parientes en Forrest.

—Ustedes deben ser muy bravos si pueden

pasar unos años en Nueva York —comentó el policía, mirando otra vez a Jimmy.

—Yo no soy muy bravo —dijo Jimmy.

—¿Y usted? —El policía clavó la vista en Crab—. Usted debe ser bastante bravo. Es de Forrest y se va a vivir a Nueva York. Yo he estado en Forrest y también en Nueva York. Forrest no es como Nueva York.

—Es verdad —dijo Crab, sin levantar la vista del té.

—Bueno, ustedes, neoyorquinos, no se vayan a meter ahora en líos en Forrest —advirtió el policía. Dio media vuelta, saludó con la cabeza al empleado en la caja registradora y se fue.

Terminaron de beber sus tés helados y pagó Jimmy. Crab fue al baño y Jimmy se quedó esperándolo a la salida. Crab parecía demorarse mucho y el hombre de la caja registradora miró varias veces a Jimmy. Éste sonrió y el hombre apartó la vista.

Cuando Crab salió del baño se dirigieron al carro. Jimmy echó un vistazo al asiento trasero y comprobó que la bolsa estaba todavía allí.

—Necesito hacer más ejercicio —dijo Crab.

Saliendo del centro comercial vieron un cartel que decia: *ESTO ES AMÉRICA . . . Yo la amo . . . Si a usted no le gusta, ¡váyase!*

—No hay mucha gente aquí . . .

Crab levantó la mano para hacer callar a Jimmy. Estaba mirando el espejo retrovisor.

—Nos está siguiendo —dijo.

—¿Quién?

—El policía que estaba en la cafetería —dijo Crab.

—¿Lo está siguiendo a usted?

—No —dijo Crab—. No lo creo. Aquí, si no eres del pueblo te consideran sospechoso. Me va a seguir por un rato para asegurarse de que voy adonde dije que iba, y entonces se irá.

—¿Adónde le dijo que íbamos?

—A Forrest —dijo Crab, mirando otra vez el retrovisor—. Sólo quería que supiera que conocía la zona. Por estos lados prefieren ver una víbora antes que a un extraño.

Crab disminuyó la marcha al límite de velocidad permitido y le enseñó a Jimmy los lugares de interés. Le indicó qué casas eran nuevas, cuáles eran viejas pero parecían nuevas y cuáles eran ya viejas cuando las construyeron.

—La gente consigue madera usada y fabrica una casa lo mejor que puede. Si encuentran cimientos ya echados, quiero decir unos buenos cimientos, que son los de hormigón hundido en el terreno, o aun pilotes que estén bien enterrados y no muy carcomidos por el agua, entonces ya es algo. O te haces de una casa, o te dejas llevar por el llamado de las grandes ciudades.

—¿Qué quiere decir? —Jimmy estaba vuelto a medias en el asiento, de modo que podía ver el carro gris azulado que Crab decía que los estaba siguiendo. Se mantenía en la misma vía que ellos.

—Logras hacerte de un poco de dinero, tratas de salir del pozo en que estás y levantar una casa por aquí —dijo Crab—. Pero no puedes resistir el atractivo de las grandes ciudades.

—¿Y qué es ese atractivo?

—¿Qué es? —Crab echó una mirada a Jimmy—. Es una voz que te dice: "Ven, aquí ganarás mucho dinero, podrás sentarte bajo las luces de la ciudad y soñar el sueño de la gente blanca". Y aunque sabes muy bien que no es verdad, suena demasiado bueno para no hacer caso.

—¿Es eso lo que le pasó a usted? —preguntó Jimmy—. ¿Así fue como se mudó a la ciudad?

—No, yo no tenía dinero —dijo Crab—. Me alisté en el ejército, descubrí que otras personas no vivían como la gente negra de estos lugares y desde entonces no pude resignarme a permanecer aquí.

—Todavía nos sigue —dijo Jimmy.

—Sí, bueno, si supiera algo nos haría parar —observó Crab.

—¿Y entonces qué?

—Entonces nos indicaría estacionar al borde

del camino y nos haría bajar del carro —dijo Crab.

—No —Jimmy meneó la cabeza—. Quiero decir, después que se fue de aquí. ¿Qué pasó entonces?

—Encontré todos los pretextos que necesitaba —dijo Crab—. Y me convencí a mí mismo.

—Ahí viene —avisó Jimmy, volviéndose hacia adelante en el asiento.

—Simplemente, sonríe con buena cara —aconsejó Crab—. Probablemente quiera echarnos otro vistazo antes de irse.

El carro sin marcas de identificación policial se emparejó con el de ellos. Crab lo saludó con la mano y le sonrió mostrando sus dientes. El policía saludó con una inclinación de cabeza y con la mano, y siguió adelante. Lo vieron doblar en la salida siguiente y Crab continuó hasta encontrar donde podía dar la vuelta.

—Usted sabía justo lo que él iba a hacer —dijo Jimmy.

—Todo lo que hice fue actuar aplicando lo que sé de la policía —explicó Crab—. ¿De qué te ríes?

Jimmy se encogió de hombros. Repentinamente, Crab parecía estar enojado, como si él hubiera dicho algo que lo enfureciera. Pero no sabía qué pudo haber sido.

Por un tiempo Jimmy había pensado que estaba

comenzando a conocer a Crab. Le había gustado estar sentado con él en el carro, solamente ellos dos, hablando de cosas que Crab había hecho años atrás. Le había gustado, también, cuando Crab supo exactamente lo que iba a hacer el policía. En cierta forma extraña, le había gustado, incluso, que Crab sufriera. Ahora, mientras pasaban zumbando las millas, todo volvía a ser como antes. Crab era un extraño, y aquí, lejos de casa y de Mama Jean, también él se sentía un extraño.

—Estamos llegando a Marion ahora —anunció Crab después de lo que había parecido una eternidad—. Allá puedes ver una buena granja. Mira qué negra es la tierra; no hay polvo en ella. Cuando ves polvo en la tierra, significa que no es buena. Todo lo que cultivas . . . Mira allá . . . mira cómo se levanta el polvo con el viento.

Jimmy miró y vio un pequeño torbellino de polvo levantarse del suelo y volver a asentarse rápidamente. En el otro lugar, donde la tierra era negra, la casa y los pequeños edificios cercanos a ésta eran blancos, con molduras de color rojo oscuro. En donde el polvo remolineaba, los edificios eran grises en la parte superior y del mismo color del polvo en la inferior. Era como si el polvo tirase de los edificios hacia abajo.

Llegaron a un grupo de casas, algunas de madera y otras de ladrillos, y aminoraron la marcha al pasar. Algunas personas de color los saludaron con la mano. La gente blanca se fijaba en la placa de Illinois y los observaba sin dar señal de reconocimiento.

—Conozco a alguna de esta gente —dijo Crab—. De primera intención no recuerdo sus nombres, pero los conozco.

Acercó el carro al borde de la acera, frenó rápidamente y dio marcha atrás. Comenzó a retroceder por la calle hasta llegar a la esquina. Jimmy miró calle abajo y vio al policía que había estado siguiéndolos. Estaba parado junto a su carro, de espaldas a ellos, bebiendo una gaseosa.

—Volvió a seguirnos —dijo Crab mientras doblaba la esquina retrocediendo.

Dio la vuelta y condujo calle abajo, estacionando el carro detrás de unos cipreses. Crab dijo que estaban todavía en Marion, pero ese lugar no era como los lugares que Jimmy conocía. Había sólo unos pocos edificios aquí y allá; Jimmy ni siquiera quería llamarlos casas.

—¿Y si llega a venir aquí? —preguntó Jimmy.

—No va a venir aquí —le aseguró Crab.

Momentos más tarde vieron alejarse el carro de policía y Crab puso otra vez en marcha el motor. El cielo se había oscurecido, cubriéndose de nubes borrascosas. Crab encendió las luces. Durante casi diez minutos condujeron pasando por varios vecindarios.

—Este lugar se llama "Los Barracones" —dijo Crab.

Jimmy podía ver gente sentada en el portal de la casa cerca de la cual se habían detenido. Cuando vio que Crab se bajaba del carro Jimmy bajó también.

—¿Es Taylor? —preguntó por lo bajo una voz de mujer en la oscuridad.

—No, soy yo, Crab.

—¿Crab? ¿Crab Little? —respondió la voz—. Jesse, acerca una luz —Se abrió una puerta y por ella salió una muchacha delgada llevando una lámpara de pie. La puso en el suelo y la encendió.

Crab subió al portal. Saludó con la cabeza y dijo sonriendo:

—No me diga que no tiene verduras en la olla.

—Sí, tenemos un poco . . . Jesse, ve a preparar los platos. ¿Quién es éste?

—Es mi hijo —dijo Crab—. Mío y de Dolly.

—¡Bueno, qué me cuentas! —La mujer usaba una peluca que le caía sobre un lado de la frente—. Jesse, prepara dos platos. Estoy afuera tratando de encontrar un poco de brisa.

—Parece que va a llover —dijo Crab.

—No va a llover —dijo la mujer—. Desde el invierno no ha llovido lo suficiente para que la mariquita pueda darse una ducha decente. ¿Cómo se llama tu hijo?

—¡Oh, lo siento! Señora Mackenzie, éste es Jimmy. Jimmy, la señora Mackenzie.

—Hola, señora.

—Hola, muchacho —dijo la señora Mackenzie.

—Hemos estado viajando casi todo el día —dijo Crab.

—Estarían desesperados por llegar pronto para viajar todo el día con este calor —repuso ella—. ¿Te enteraste que murió el reverendo Brown?

—¿O. C. Brown?

—No, él se fue hace tiempo. Me refiero al reverendo Louis Brown, que estaba en Bethel, allá en Marianna. Hombre, me olvido que hace mucho que faltas de aquí.

—Sí, hace bastante —dijo Crab.

—Me alegro que no nos olvidaste —dijo la señora Mackenzie—. Parece que el resto del mundo ni siquiera sabe que existimos. Mi hermana decía que vio una vez un mapa y Basset no figuraba para nada. ¿No es increíble?

—Claro que lo es.

—¿Por qué no descansan un rato?

—Tenemos que hacer una pequeña diligencia esta noche —dijo Crab, sacando algún dinero del bolsillo—. Luego buscaremos una habitación por un par de días.

—Tú sabes que siempre puedes quedarte aquí —dijo la mujer—. ¿Adónde tienen que ir?

—Tenemos que ver al curandero —repuso Crab—. Necesito averiguar algunas cosas con él.

—Bueno, ya sabes donde está —dijo la señora Mackenzie.

Jesse preparó dos platos de verduras, carne de cerdo y ensalada de papas. Crab y Jimmy comieron en la cocina. Tenían una vieja cocina con el nombre *Black Diamond* impreso en el frente. El mantel estaba decorado con muñecos de nieve y árboles de Navidad.

Jesse podía tener la misma edad de Jimmy. Era una hermosa joven negra de piel clara y ojos que casi parecían orientales. No había hablado desde que ellos llegaran, pero Jimmy la sorprendió mirándolo. Un espacio rectangular separaba la cocina de la sala de estar. Del lado de ésta había cortinas y Jimmy alcanzaba a ver a la muchacha, cuya figura se suavizaba por la luz vacilante de una vela a cada lado de un libro, el cual pensó Jimmy que era probablemente una biblia. En aquella luz suave se le antojó a Jimmy que la muchacha parecía un ángel negro, y pensó en su madre.

—¿Qué es un curandero? —preguntó Jimmy.

—Es una especie de doctor —dijo Crab—. Te lo dije antes.

—Oh, es cierto —repuso Jimmy.

Crab comió lentamente, al igual que Jimmy, que no se había dado cuenta de que tenía tanta hambre. Cuando Jimmy terminó de comer las verduras y la carne de cerdo todavía tenía hambre, pero no dijo nada.

La muchacha continuaba mirándolo. Aun después que terminaron de comer y cuando estaban saliendo para ir a ver al curandero, Jimmy sintió la mirada de ella, a pesar de que él no la podía ver.

La casa del curandero estaba apartada de las demás. Unas tablas colocadas sobre los escalones formaban una especie de rampa. En la oscuridad, Jimmy no podía ver bien la casa. Una brillante media luna pendía lúgubremente en el cielo sobre el tejado de estaño. Los pies de Jimmy resbalaron en el suelo arenoso alrededor del portal en sombras.

Crab se detuvo. Jimmy esperó que llamara, pero no lo hizo. Sencillamente, se quedó esperando en la oscuridad. Jimmy miró a Crab y notó que el blanco de sus ojos era más grande de lo que nunca le había visto. Se acercó más a él.

—¿Quién está ahí? —La voz sonó monótona, seca como la tierra que pisaban.

—¡Soy yo, Crab!

—¿A quién quieres ver?

—¡A High John!

—Pasa.

Crab avanzó y Jimmy lo siguió, manteniéndose tan cerca como le era posible sin tocarlo, y subieron los escalones. Una rendija de luz a su derecha se convirtió en el arco de una puerta, y Jimmy dejó a Crab pasar adelante.

—Ha pasado mucho tiempo, Crab —dijo High John.

—Sí.

—Sé que estás enfermo —dijo High John—. Siéntate. ¿Quieres un té?

—No me vendría mal —aceptó Crab—. No tengo mucho para pagarle.

—¿Desde cuándo me ha importado eso a mí? —High John habló en voz baja mientras se volvía hacia la cocina—. La gente se olvida de High John. Llevan sus dólares a la clínica de la ciudad, a quienes les da lo mismo si uno vive o se muere. ¿Tú crees que esas personas saben que la gente tiene alma?

—A veces tengo mis dudas —repuso Crab.

High John sacó el agua del hornillo y la sirvió en una taza esmaltada en azul. Tomó otra taza de atrás de la cocina y la colocó junto a la otra.

—¿El muchacho toma té?

—No —contestó Jimmy.

High John echó el agua en la segunda taza. La habitación se llenó del extraño y dulce aroma del té. Era un hombre de corta estatura, y viejo. Su cara era oscura como las nueces negras, con arrugas profundas. Pero por muy vieja que fuese su cara, por muy arrugada y gastada que estuviese por la edad, sus ojos eran aún más viejos.

La luz de la pequeña lámpara en el borde de la mesa osciló en sus pupilas oscuras al sentarse. Se llevó la taza a los labios y cerró los ojos mientras bebía.

—Pon el dinero sobre la cama —dijo cuando terminó de beber.

Crab se levantó y cruzó la habitación. Había un edredón en la cama y Crab puso el dinero sobre ella. Luego regresó a la mesa y comenzó a tomar el té que le había preparado High John.

—¿Volviste a casa a buscar al muchacho? —preguntó High John.

—Lo traje conmigo de Nueva York —dijo Crab.

—Me alegro que trajeras al muchacho aquí —dijo High John—. El hombre encuentra paz en sus hijos y la mujer encuentra vida en sus hijas. Es lo correcto, ¿no?

Crab miró a Jimmy.

—Usted lo ha dicho, High John.

—Es lo correcto —repitió High John. Se había sentado al extremo de la mesa opuesto a Crab. Tomó la taza de té entre ambas manos y la sostuvo cerca de él. El vapor del té se reflejaba frente a su rostro—. Vuelves a tu tierra para ver de dónde vienes y adónde has llegado.

—Tengo que hacerle algunas preguntas, High John —dijo Crab.

—No tienes nada que preguntarme —dijo High John—. Cuando uno llega de tan lejos como has venido tú, uno ya tiene la respuesta. Hay un velo y una nube. A veces un niño nace con un velo sobre los ojos y puede ver el otro lado. A veces un hombre deja crecer una nube sobre sus ojos y no puede ver el trabajo de su propia mano, o la verdad en su propio corazón.

Silencio. Por un tiempo largo, se hizo silencio. Un silencio pesado que se mantuvo entre ellos por lo que pareció una eternidad. Entonces Jimmy oyó el zumbido de un viejo ventilador en la habitación contigua, y un poco más lejos el zumbido más suave de la vida más allá de la ventana.

Un saltamontes aterrizó sobre la mesa, su cuerpo tan frágil como aquel momento, su forma tan quieta como el silencio que reinaba entre ellos.

El zumbido del ventilador se desvaneció gradualmente de la atención de Jimmy, atraída ahora por el saltamontes. Éste cambió de posición, moviéndose extrañamente por la mesa hacia un plato llano de cobre. Entonces se detuvo, casi invisible en la tenue luz.

Crab habló.

—Estuve ausente, High John. Estuve en la

cárcel. Y dejé allá todo lo que tenía. Sólo vine a Marion para aclarar ciertas cosas —Crab guardó silencio con la cabeza baja, el pecho palpitante.

—Continúa, hijo —le instó High John.

—He estado enfermo por bastante tiempo . . .

Crab calló otra vez, sus palabras cobraron mayor peso por el silencio que las siguió. Sus manos temblaron al beber de la taza.

High John se levantó, y se dirigió a la cama y extendió el edredón.

—Este edredón fue hecho en los tiempos difíciles de antes de la Guerra Civil. No puedo imaginarme qué los movió a hacer algo tan bello, ni cómo pudieron lograrlo. Quizá sea la única razón por la cual High John permanece en este mundo, para averiguarlo. No sé. A veces pienso que es así, a veces pienso que no —Dio unas palmadas al edredón, mirando a Crab—. Ven aquí y descansa.

Crab se levantó y fue a la cama. Se acostó en ella y cruzó las manos sobre el estómago.

—¿Dónde sientes el dolor? —preguntó High John.

—Aquí —dijo Crab, tocándose el costado de la región lumbar.

Jimmy observaba, notando por primera vez qué pequeño era High John, cuyo cuerpo consistía mayormente del torso, con piernas y brazos cortos.

High John tocó la espalda de Crab y Jimmy oyó un quejido.

—Muchacho, trae esa lámpara aquí —High John señaló detrás de él.

Jimmy no se dio cuenta al principio de que le hablaba a él, luego comprendió y dio un salto. Tomó la lámpara y se la llevó a High John.

—Cierra los ojos —High John susurró las palabras a Crab.

Crab cerró los ojos y High John le levantó los párpados. Jimmy, parado a los pies de la cama, irguió la cabeza para ver sobre el brazo de High John. Vio los ojos de Crab; estaban muy amarillos. Jimmy pensó que podía ser por el reflejo de la luz.

—¿Puedes respirar hondo?

Crab inhaló tan profundamente como pudo. Jimmy inhaló también. Quería respirar por Crab, absorber el aire cálido de la noche, absorber la mitad de Arkansas si era necesario.

—Esto te va a doler un poco —dijo el anciano.

Trazó con el dedo una línea a lo largo del brazo de Crab hasta la axila. Empujó allí y todo el cuerpo de Crab se estremeció. Crab trató de agarrar los brazos de High John, pero se contuvo. High John hizo un gesto afirmativo con la cabeza y se humedeció los labios.

—Ven y termina tu té —dijo.

Se dio vuelta y regresó a la mesa, volviendo a

sentarse en el mismo lugar de antes. Crab se incorporó lentamente. Volvió a la mesa, miró a Jimmy y le dio unas palmaditas en el brazo.

—Nunca habías visto un curandero antes, ¿verdad?

—No —dijo Jimmy, aliviado al ver sonreír a Crab.

—¿Dónde se están quedando? —preguntó High John a Crab.

—En casa de la señora Mackenzie —dijo Crab.

—¿Nunca te dije que casi llegué a casarme con esa mujer? —dijo High John.

—¡Está bromeando!

—Sí, hace como cincuenta años. ¿Cuándo fue la guerra en Europa? Por aquel tiempo. Ella estaba casada con un hombre llamado Harrison Redwood. La mitad de la gente negra de esta región se llamaba Redwood en aquellos tiempos. En fin, él estaba entonces en la marina de guerra y lo mandaron a Puget Sound, en Washington. Me contaron que tenían que tomar un transbordador de la base naval a la ciudad. Y una noche se emborrachó, cayó por la borda y se ahogó. Ella estuvo muy trastornada y encerrada en sí misma, y yo casi me casé con ella.

—¿Por qué no lo hizo?

—Me pregunté por qué había de casarme con una mujer más grande que yo, más fuerte que yo, y que seguía negándose cuando le ofrecía matrimonio. No encontré una razón, ¡y entonces renuncié a ella!

High John se rió entre dientes y Jimmy observó que no le quedaban muchos. Jimmy miró a Crab, quien estaba sonriendo, y él sonrió también.

Crab se sentó a la mesa y terminó su té. Jimmy buscó al saltamontes con la vista. Había desaparecido.

—Toma todo el té de sasafrás que puedas tolerar —dijo High John—. Eso te aliviará un poco. No lo prepares con corteza fresca, sin embargo. Te enfermaría más.

—Le agradezco —dijo Crab.

Jimmy vio al saltamontes. Estaba en el marco de la ventana. Al momento siguiente había desaparecido en la noche.

High John abrió el refrigerador y sacó una cajita roja que contenía tabaco molido. La abrió y se puso un poco de tabaco en la lengua, empujándolo a un lado de la boca.

Crab se había puesto de pie.

—Creo que necesito descansar un poco —dijo.

Se dirigieron a la puerta del frente y salieron. El aire de la noche era más fresco de lo que Jimmy recordaba. Había una ligera brisa. High John fue con ellos hasta el borde del portal.

—¿Qué piensa usted entonces? —preguntó Crab en voz baja.

—Tienes mucha fortaleza, Crab —dijo High John—. Pero sólo Dios y tú saben de dónde la sacas.

Se despidieron de High John y caminaron lentamente de regreso a casa de la señora Mackenzie. Jimmy se volvió hacia la cabaña de High John y vio el árbol, cuyas ramas frondosas adquirían un aspecto misterioso con la luna de fondo, que estaba ahora más baja.

Crab no habló en todo el trayecto. Jimmy trató de recordar lo que había pasado en casa de High John y de decidir si era bueno o malo. Intuía que no era bueno.

Llegaron a casa de la señora Mackenzie y la hallaron dormida en el portal con la radio encendida. Una guitarra tocaba *blues* con un sonido metálico en el altavoz de mala calidad, de modo que sonaba vagamente extraño. Crab extendió la mano y apagó la radio. La señora Mackenzie se despertó.

—Oh, no estaba dormida —dijo—. Sólo descansando los ojos del polen. No sabes cómo me afecta la ambrosia.

—Sí, es horrible en esta época del año —dijo Crab.

—Crece silvestre junto a las vías del tren —

dijo la señora Mackenzie—. Alguien tendría que ir allá y quemar esas plantas. ¡Están más altas que una persona adulta!

—Estoy de acuerdo con usted —dijo Crab.

—Ustedes vayan al cuarto del fondo, pasando las escaleras —indicó ella—. Jesse lo arregló bien bonito para ustedes. ¿Quieren que los despierte a la mañana?

—Con lo cansados que estamos, tendría usted que pelear con nosotros para hacernos levantar —dijo Crab.

—Bueno, ya sabes que estoy demasiado vieja para pelear —dijo riendo la señora Mackenzie.

Jimmy tenía que ir al baño y Crab le dijo dónde estaba.

Él había oído hablar acerca de baños al aire libre y la linterna que le dio la señora Mackenzie le facilito la tarea de encontrarlo. Olía horriblemente. Terminó rápidamente, luego buscó cómo hacer correr el agua. no encontró nada. No quería mirar en el agujero, pero lo hizo de todos modos. Era más profundo de lo que había pensado, y el olor le obligó a salir antes de que pudiera examinarlo bien.

Cuando llegó a la habitación, Crab ya estaba acostado. El cuarto olía a manteca de cacao y Jimmy pensó que probablemente allí era donde dormía la señora Mackenzie.

—Buenas noches —dijo Jimmy.

—Buenas noches —contestó Crab.

—¿Cómo llegó ese hombre a ser un curandero —preguntó Jimmy al rato.

—Hay gente que nace con ese don, supongo —dijo Crab—. Realmente no lo sé. Alguna gente lo hereda a través de generaciones. Son personas conocedoras de cosas.

—¿Qué clase de cosas?

—Cosas que otra gente no sabe —dijo Crab.

—¿Cómo qué?

—No sé —dijo Crab, con un poco de fastidio en la voz.

Jimmy se cubrió con la sábana hasta el mentón. La luz parpadeó y Jimmy volvió la cabeza a tiempo de ver a Crab tratando de alcanzar el interruptor. Crab sostuvo la lámpara con dos dedos delgados y agarró la cadenita con los otros. En la oscuridad, Jimmy se cubrió con la sábana hasta la nariz.

High John era un hombre extraño, si uno se detenía a pensarlo . . . ser llamado curandero y todo eso . . . pero a Jimmy no le parecía particularmente extraño; simplemente, muy viejo. Trató de imaginarse a High John cuando era un bebé, recién nacido con un velo en los ojos. Se preguntó qué habría pensado la madre.

Jimmy creyó que iba a tener miedo, pero no fue así. Tenía cansancio, sin embargo. Le dolían las piernas. Antes de dormirse pensó en Mama

Jean, después pensó en sus compañeros de clase. Sintió curiosidad por saber qué habrían dicho al ver que había dejado de asistir a clase. Probablemente sólo pensaban que había abandonado la escuela.

No recordaba haberse dormido. El ruido que lo despertó, en medio de su sueño, era un sonido aterrador que le hizo palpitar el corazón. Por un momento no pudo recordar dónde se encontraba. Luego se acordó y, sin saber aún qué era aquel ruido, sintió miedo. Escuchó con atención. Alguien estaba llorando.

Apartó la sábana de la cara y notó que estaba empezando a aclarar afuera. El origen del llanto parecía estar en la habitación misma, como si viniera de la cama de Crab.

Jimmy se sentó lentamente y se volvió hacia donde pudo ver a Crab completamente encogido en un apretado nudo. No sabía qué hacer. Pensó que acaso Crab se sentía mal y necesitaba ayuda. Se levantó, sintiendo el piso frío bajo los pies.

—¿Crab? —llamó quedamente.

Los sollozos también sonaron muy quedos.

Fue hasta la otra cama y miró a Crab. Tenía los ojos cerrados. No lloraba en ese momento, pero su rostro estaba húmedo. Jimmy observó cómo respiraba y comprobó que dormía aún. Había estado llorando durante el sueño.

Volvió a su propia cama y se cubrió con la sábana.

¿En qué podía haber estado soñando Crab, pensó, que fuera tan triste? Por alguna razón, sin saber por qué, se imaginó a Crab en la cárcel y se preguntó si allá en su celda, en la oscuridad, habría llorado también.

Trató de volver a dormir, pero no pudo. Esperaba que Crab no llorase otra vez. Lamentaba haberlo oído.

Nunca antes había pensado siquiera que un hombre llorara. Si le hubiesen preguntado, él habría dicho que un hombre podía llorar si se lastimaba, o tal vez si estaba triste. Pero nunca había pensado en eso.

Tampoco se le había ocurrido, en los tiempos en que pensaba acerca de tener a su padre en casa, que alguna vez él pudiera llorar. Se había imaginado a un hombre fuerte, que sabía mucho y le enseñaba cosas. Jamás había soñado con un hombre acostado en una cama extraña y recibiendo la primera claridad del día con lágrimas en los ojos.

Él supo, allá en Chicago, que Crab no había pensado en que su hijo no fuera fuerte y valeroso, que no fuera capaz de hacerle frente a un muchacho como Frank. Pero Frank había sido más fuerte que Jimmy, más fuerte por dentro y más grande por fuera. Jimmy sabía que no hubiera podido con Frank. Y ahora, aquí en Arkansas, de vuelta en su tierra como había dicho High John, Crab se encontraba con algo que era más fuerte que él, y no podía enfrentarlo.

Crab se dio vuelta en la cama e hizo otro ruido. No era un sollozo, pero se parecía mucho. Jimmy pensó que cuando despertara le iba a preguntar qué significaba lo que le había dicho High John.

La mañana se presentó con un abrasador calor blanco que sacó a la gente de Marion al portal de sus casas. En la vivienda próxima a la de la señora Mackenzie, dos muchachos sacaron al portal una silla con pesados almohadones y una mujer de aspecto débil vino a sentarse en ella. El firmamento era blanco y las aves que se destacaban contra el cielo, volando en círculos, eran negras. En un rincón del portal había una fotografía de Martin Luther King, recortada de una revista y enmarcada.

A un costado de la casa, las moscas revoloteaban sobre el cubo repleto de la basura. La señora Mackenzie salió al portal y puso su brazo sobre los hombros de Jimmy.

—Va a ser un día largo y caluroso —dijo.

—Así parece —dijo Jimmy. Las palabras salieron naturalmente, como si las hubiera dicho antes.

Una niña apareció de alguna parte. Jimmy calculó que tendría cuatro o cinco años. Tenía la piel oscura, casi negra, pero su cabello era negro con mechones anaranjados. Era muy delgada, excepto por el estómago, que empujaba el vestido verde en la parte delantera hasta dejar al descubierto la ropa interior debajo de los botones. El vestido le sentaba mal en los hombros y bajaba demasiado por su piernas flacas. Llevaba una muñeca blanca de cabello rubio. Al ver a Jimmy le acercó la muñeca para mostrársela, luego se rió y la atrajo hacia su pecho, abrazándola.

—Ella adora esa muñeca —explicó la señora Mackenzie—. La quiere como si fuera un bebé de verdad.

La niña acercó otra vez la muñeca a Jimmy, provocándolo con ella. Jimmy siguió mirándola por un momento más, luego dejó vagar sus pensamientos hacia Crab.

No se había dado cuenta anteriormente que le tenía un poco de miedo a Crab. Pero después de verlo en casa de High John, después de oír los sollozos que brotaron de su cuerpo tan encogido, había dejado de tenerle miedo.

La niña, percibiendo que Jimmy no le prestaba más atención, se marchó corriendo.

La puerta de tela metálica se cerró a espaldas de Jimmy, quien sintió moverse, bajo sus pies, las tablas del portal. Se dio vuelta y vio a Crab cruzando el portal para luego apoyarse en la baranda. Era el estilo de Crab. Aparecer y dejar que lo vieran, que pensaran lo que quisieran de su aspecto o de quién podía ser él.

—¿Cómo se siente? —preguntó Jimmy.

—¿Quieres unos huevos? —ofreció la señora Mackenzie antes de que Crab respondiera a Jimmy.

—Un poco de café me vendría bien —dijo Crab.

La señora Mackenzie pasó junto a Crab, deteniéndose para darle unas palmaditas en el pecho.

—Voy a ver a Rydell hoy —dijo Crab, cuando el vestido de la señora Mackenzie acabó por desaparecer dentro de la casa—. Quiero que vengas conmigo.

—Está bien —dijo Jimmy.

Siguió la mirada de Crab que se extendía por la tierra llana y estéril. En la distancia, trémulas oleadas de calor danzaban en remolinos de polvo al borde del camino.

—Estamos demasiado lejos del agua —dijo Crab—. No hay nada aquí que tenga vida propia. Si vas hacia el río, encontrarás un riachuelo con un puente sobre él. A veces puedes pescar algo, generalmente bagres, y se ven chinches de agua por la orilla. Yo solía ir por allá para ver otros seres vivientes además de los humanos. Es un hermoso riachuelo; no es lo bastante grande para poder hacer crecer algo, pero es un lindo riachuelo.

—¿Usted sabe cultivar algo? —preguntó Jimmy.

—En realidad, no —dijo Crab.

La señora Mackenzie salió con una pequeña bandeja, en la que traía una taza de café para Crab y un vaso de limonada para Jimmy.

—Voy a ir a Marianna hoy —dijo—. El señor Logan vendrá a buscarme. Probablemente pase por Will May a recoger algunas cosas.

—¿Todavía dejan las luces apagadas allá cuando hace calor? —preguntó Crab, rodeando la taza con los dedos hasta que las puntas se tocaron unas con otras.

—No, esas bombillas de ahora no se calientan como las antiguas lámparas —La señora Mackenzie se secó las manos en su delantal—. Ahora usan bombillas para la luz.

La limonada estaba tibia y aguada.

—¡Ahí viene Rydell! —gritó Jesse desde la ventana del segundo piso.

Jimmy levantó la vista hacia Jesse y luego se volvió buscando a Rydell, pero no vio a nadie.

—¿Dónde está, Jesse? —llamó la señora Mackenzie.

—Está pasando por el pozo del señor Horn. Creo que viene por el Sendero de los Cipreses.

La señora Mackenzie miró y luego apuntó en la dirección indicada. Jimmy vio venir un carro en la distancia.

—¿Cómo sabes que es Rydell? —gritó Crab a Jesse.

—Él es el único que tiene un carro azul como ése y que viene en esa dirección —dijo Jesse.

Se quedaron observando el carro que se aproximaba.

—¿Por qué no va adentro con Jesse, señora Mackenzie? —Crab le entregó la taza.

—¿Va haber lío? —preguntó la señora Mackenzie.

—Él sabe que yo no le quiero armar ningún lío —dijo Crab—. Sabe que yo sólo quiero hablar con él.

Jimmy vio que Crab acercaba un cajón de madera y ponía un pie sobre él.

El Cadillac de Rydell pareció vacilar a medida que avanzaba. Torció hacia la casa, luego volvió hacia el camino, deteniéndose cuando el lado del conductor quedó cerca del portal. La ventanilla trasera estaba rayada y el metal de la misma oxidado.

Sin mirarlos, Rydell tomó un cigarro del tablero de instrumentos y lo encendió lentamente. Jimmy miró a Crab y lo vio sonreír.

Una vez encendido el cigarro, Rydell abrió la puerta del enorme coche y descendió con lentitud. Su pelo era largo y abundante, alisado y aplastado contra el cráneo, que terminaba en apretados rizos en la nuca. La barba, que se dejaba crecer en forma de chivo, era también abundante, pero canosa. Desde donde estaba parado, Jimmy podía ver las uñas esmaltadas de Rydell mientras éste echaba las cenizas del cigarro en el suelo.

Los anchos hombros de Rydell Depuis se inclinaron contra el techo redondeado del Cadillac mientras se apoyaba en éste con las piernas cruzadas en los tobillos.

Los dos parecían hombres peligrosos, pensó Jimmy. Crab apoyando su peso en una pierna, Rydell con su camisa sin cuello y un medallón de oro colgándole bajo sobre el pecho.

—¿Así que Crab ha vuelto de la gran ciudad a su tierra? —dijo Rydell calmosamente—. ¿Vienes a quedarte por un tiempo o estás sólo de paso?

—No lo he decidido todavía —dijo Crab, rascándose bajo el mentón—. Pensé que tal vez fuera conveniente verificar ciertos asuntos, conversar un poco con viejos amigos, y ver cómo están las cosas.

—¿De qué cosas quieres conversar? —preguntó Rydell.

—Cuando uno recibe un gran golpe . . . un golpe sin ninguna razón . . . uno encuentra muchas cosas sobre qué hablar —dijo Crab—. Pensé que alguien me podía deber una explicación.

—Estás hablando en clave, hombre —Rydell se alzó de hombros mientras hablaba—. Creo que no entiendo ese lenguaje de gran ciudad.

—Pensé que los que son del mismo pueblo siempre se entenderían entre ellos —dijo Crab—. Al menos, nosotros dos solíamos entendernos mejor de lo que entendimos la justicia.

—¿Has hablado con las autoridades? —preguntó Rydell.

—No llegué a eso todavía.

Rydell echó un vistazo a su cigarro, trató de fumarlo, luego metió la mano en el bolsillo buscando los fósforos. Los encontró, encendió uno, acercó el extremo del cigarro a la llama y le dio varias chupadas hasta que la punta brilló con un color anaranjado oscuro.

—Oí decir que viniste a ver al curandero —dijo finalmente—. No creí que vinieras aquí a crear problemas.

—No he venido a crear ningún problema —repuso Crab—. Solamente pensé que podía sentarme a tomar algo con un muchacho de mi pueblo y tratar de sacar a relucir la verdad de lo que pasó.

—¿Un muchacho de la ciudad como tú viene aquí desde tan lejos para hablar de la verdad? —

observó Rydell—. Debes estar hablando de una verdad muy grande.

—Así es —afirmó Crab.

Jimmy vio que Crab se movía hacia la baranda. Su cuello parecía hinchado, y Jimmy se preguntó si sentiría dolor.

Una camioneta pasó por el camino. El hombre blanco sentado junto al conductor no llevaba camisa, mostrando unos brazos oscuros y un pecho blanco que parecía aún más blanco en la sucia cabina.

—Bueno, ¿y qué quieres de mí? —Rydell sujetaba descuidadamente el cigarro.

—Tú sabes que yo no tomé parte en lo del camión blindado —dijo Crab, con voz que subía de tono.

—¿Cómo puedo saberlo? —Rydell desvió los ojos hacia el cigarro—. Yo no estuve allí.

—¿Entonces por qué desapareciste tan de repente?

—Te metieron en la cárcel por matar al guardia —Rydell miró hacia la ventana donde había estado Jesse—. Tú dices que no lo hiciste, pero te metieron en la cárcel. Si tú no hiciste nada y te metieron en la cárcel, tendrían que haberme metido en la cárcel a mí también, porque yo tampoco hice nada.

—Creo que tendremos que tratar esto de otra

manera —dijo Crab—. No me parece que haya otra solución.

—Yo no quiero líos, Crab —Rydell pasó el peso de su cuerpo de un pie al otro, y repitió el cambio de posición. —Ni siquiera sé por qué has venido aquí. No hay nada que yo pueda hacer por ti.

—He traído a mi hijo para que pueda escuchar la verdad —dijo Crab—. Y estoy dispuesto a que la oiga.

—¿Qué tú no hiciste nada?

—Que yo no maté a nadie —dijo Crab.

Rydell cambió otra vez de posición nerviosamente y miró a Jimmy.

—¿Saliste libre completamente, o bajo palabra? —preguntó.

—Estoy bajo palabra —dijo Crab—. Dije al concejo de libertad condicional que podía obtener trabajo en West Memphis.

—Me suena raro, hombre —Rydell meneó la cabeza—. Me suena raro.

—Estoy aquí, ¿no?

—¿Cómo sé que no has venido para hacerme decir algo que puedas usar ante la justicia?

—¿Por qué iba a venir aquí a hacer una cosa así? —dijo Crab.

—Sí, ¿por qué? —Los ojos de Rydell se estrecharon hasta cerrarse completamente. Levantó el mentón y se pasó los dedos por la barbilla, descendiendo por la garganta, hasta tocar el medallón que llevaba colgado del cuello. Hizo lentamente una señal de asentimiento con la cabeza, como si hubiera tomado una decisión. Entonces abrió los ojos y miró a Crab.

—Estás suplicando, hombre —dijo—. No sé qué es lo que quieres, pero estás suplicando. Un hombre que atraviesa casi todo el país sin llegar a ninguna parte y no tiene nada que decir, está suplicando. ¿Qué esperas conseguir suplicando?

—No estoy suplicando —dijo Crab—. Estoy buscando la verdad.

—No, no —Rydell sacudió la cabeza al tiempo que abría la puerta del Cadillac—. Estás suplicando, y necesito tiempo para entender por qué suplicas.

—Me las vas a pagar, Rydell —La voz de Crab se alzó con ira—. ¡Me las vas a pagar!

—Sí, puede ser —Rydell puso en marcha el motor—. Y yo voy a pensar seriamente lo de tu búsqueda sobre "la verdad".

Rydell se llevó el cigarro a la boca, se lo quitó, y dio la vuelta al Cadillac alejándose de la casa. El carro hizo crujir bajo sus ruedas la tierra seca que no había dado fruto alguno en cien años de veranos calcinantes, y se dirigió al este hacia West Memphis.

Crab había descendido los escalones del portal

y daba ahora un paso vacilante en dirección al carro, y luego otro, levantando un brazo como si quisiera hacerlo retroceder y finalmente dejándolo caer a un costado.

Jimmy tuvo que humedecerse los labios antes de hablar.

—¿Crab?

—¿Sí?

—Yo no creo que . . . usted sabe . . . que usted lo haya hecho —dijo Jimmy.

—¿Estás seguro de que yo no lo hice? —preguntó Crab.

Jimmy empezó a pensar en ello, tratando de decidir qué decirle a Crab. Trató de hallar las palabras, las buscó en los ojos de Crab, abrió la boca esperando que le salieran, y se quedó inmóvil en silencio mientras Crab finalmente daba media vuelta.

—Crab, lo siento —dijo.

—Tendré que ajustar cuentas con Rydell —dijo Crab—. Hay gente que necesita que le arranquen la verdad.

—¿Qué piensa hacer? —quiso saber Jimmy.

Crab levantó los ojos al cielo. El sol estaba alto, pero el calor parecía brotar del suelo. La señora Mackenzie salió al portal con una pequeña cesta de habichuelas verdes.

—¿Todo bien, Crab? —preguntó.

—Sí, todo está bien —repuso Crab.

La señora Mackenzie dejó la cesta de habichuelas junto a la silla. Luego volvió por un momento a la casa y reapareció enseguida con un saco de color pardo, el cual depositó al otro lado de la silla. Se sentó, apartó las piernas e hizo una especie de pozo empujando el vestido entre sus gruesos muslos. Tomó un puñado de habichuelas y comenzó a partirlas con los dedos al tamaño deseado para guisarlas, dejando caer las puntas en el saco. Sus dedos trabajaban rápida y expertamente, como lo hicieran mil veces antes.

—¿El riachuelo está todavía limpio? —preguntó Crab, volviéndose a medias hacia la señora Mackenzie.

—Supongo que sí —dijo ella—. ¿Crees que Rydell quiera causarte algún problema?

—No, él no me hará nada —aseguró Crab, volviéndose hacia Jimmy—. Voy a llevar a Jimmy al riachuelo por un rato y olvidarme de Rydell. ¿Quieres venir allá conmigo?

—Bueno.

—Tú sabes que Rydell, cuando quiere, puede ser una víbora —le advirtió la señora Mackenzie cuando se aprestaban a marcharse.

—Sí, ya lo sé —dijo Crab. Parecía cansado—. Vamos, Jimmy.

Caminó lentamente; como un hombre viejo, pensó Jimmy. Éste caminó a su lado, emparejó su ritmo poco común y trató de ver, sin que Crab notara que lo estaba observando, si había expresión de dolor en su rostro.

—¿Usted acostumbraba venir al riachuelo cuando era niño?

—Solía vivir en el riachuelo —dijo Crab—. A veces, cuando hacía demasiado calor para dormir en la casa, venía al riachuelo con mi almohada. Pensaba que era algo muy importante, tener mi propia almohada. En estos lugares tenía uno que ser bastante mayor para conseguir una almohada. ¿No es increíble? ¡Qué tiempos aquéllos!

—Lo que él diga . . . Lo que Rydell diga . . . no tiene importancia —sugirió Jimmy.

—Sí, la tiene —dijo Crab en voz baja.

El riachuelo distaba media milla de la casa. El prado que existiera allí años atrás se había convertido casi en yermo. Los árboles por el camino eran menos frondosos, menos verdes. Un fregadero abandonado, manchado de óxido por los años de agua mohosa, tocaba la orilla. Caminaron siguiendo el riachuelo, que iba ensanchándose un poco, el agua clara formando una V en cada roca o botella que emergía de la superficie.

Jimmy recogió un palo y lo fue arrastrando por la orilla.

—En un tiempo, el riachuelo llegaba aquí hasta la rodilla —dijo Crab—. Era un verdadero riachuelo entonces.

—¿Cómo era su madre? —preguntó Jimmy—. Mi abuela.

—Una buena mujer negra —dijo Crab—. Tú y ella se hubieran llevado muy bien. ¿Quieres descansar un rato?

—No, no estoy . . . sí, bueno —reconsideró Jimmy, recordando que Crab podría no sentirse bien—. ¿Quiere que le traiga las aspirinas?

—No —respondió Crab.

Jimmy lo siguió con la vista mientras se dirigía a un árbol de poca altura, apoyaba la espalda en él, y se deslizaba lentamente hacia el suelo. El árbol cedió un poco con el peso de Crab, quien cerró los ojos y apoyó la cabeza contra él.

—Puedo ir a casa de la señora Mackenzie a buscarle un sombrero —ofreció Jimmy.

—Estoy bien —dijo Crab—. Sólo necesito descansar un poco.

Cerró otra vez los ojos, y Jimmy observó que tenía la cara hinchada.

"*Tienes mucha fortaleza, Crab*", había dicho High John. "*Pero sólo Dios y tú saben de dónde la sacas*".

—Supongamos —Jimmy empujó un extremo del palo que había estado arrastrando por la orilla del riachuelo y lo enterró en el suelo—. Supongamos que Rydell hubiera dicho que usted no hizo nada. ¿Qué ocurriría entonces?

—Entonces, tal vez, mis sueños en prisión se

harían realidad —dijo Crab—. Eso es todo lo que me queda. Sueños de prisión, de comenzar de nuevo, de comprar un poco de tierrra. En la cárcel, todos los sueños comienzan con un "si". Si ocurriera tal o cual cosa, si pudiera empezar todo otra vez. Rydell debió haber dicho que yo no maté al guardia, y tú lo habrías oído y te sentirías contento. Entonces caminaríamos juntos hacia la puesta del sol.

—¿Cómo los vaqueros?

—Sí, como los vaqueros —dijo Crab—. Cuando era niño, solíamos ir al cine cuando teníamos el dinero, a pie todo el camino para prolongar la cosa . . . y sentarnos en la galería con la gente negra. En ese entonces llamaban a la galería la sección "de color". De cualquier manera, si daban una película de vaqueros, todos los chicos negros en la galería imaginaban ser el héroe y todos los chicos blancos allá abajo se imaginaban lo mismo. La fantasía era tan buena que no podíamos separarla de la realidad. Creo que he tenido sueños de prisión aun antes de entrar en ella.

—Él podía haberlo dicho —dijo Jimmy.

—Sí —dijo Crab—. Podía haberlo dicho. Pero si hay algo que odia una rata de alcantarilla es ver a otra rata de alcantarilla sentada al sol.

—Ésa es una manera curiosa de hablar —Jimmy empujó su palo bajo una piedra, haciéndola volcar, y saltó hacia atrás al ver un nido de babosas debajo de la piedra. Miró a Crab para ver si lo había visto saltar y confirmó que sí lo había visto.

Los dos sonrieron y Jimmy se encogió de hombros.

Las babosas se movieron lentamente, arrastrándose unas por encima y alrededor de otras hasta que desaparecieron en el barro.

—¿Y ahora qué? —preguntó Jimmy.

—No sé —Las palabras brotaron quedamente, casi en un susurro—. Tal vez quedarnos aquí un tiempo y ver cómo actúa Rydell. Si dice la verdad, como debe hacerlo, tal vez todo termine bien. Si no lo hace, entonces tendremos que decidir algo. Estuve pensando en ir a California. ¿Has visto California alguna vez?

"Si yo ya le creo, ¿qué necesidad hay de que Rydell diga nada?" Jimmy organizó cuidadosamente las palabras en su mente.

—¿Por qué tiene Rydell que decir la verdad? —fueron las palabras que pronunció.

—Porque quiero que todo se arregle entre nosotros —dijo Crab—. Podemos ir tranquilamente en carro a California y empezar de nuevo. Dicen que el aire de mar es bueno para uno. Un poco de mar, un poco de sol. Podría sentirme como un muchacho otra vez.

—¿Cómo se siente ahora?

—Cansado —dijo Crab.

Se incorporó lentamente, se enderezó, esperó hasta recuperar el aliento por el esfuerzo y echó a caminar por la orilla del riachuelo. Jimmy lo siguió a cierta distancia.

California no era lo que Jimmy esperaba oírle decir a Crab. No sabía qué era lo que deseaba oírle decir, pero no era California, y no era tampoco alquilar otro carro. Mentalmente volvió al vestíbulo de un hotel en Chicago, vio a Crab entregando a la muchacha una tarjeta de crédito con el nombre de otra persona. Recordó estar tomando el desayuno y el policía haciendo preguntas acerca del primer carro que Crab había conducido hasta la casa de Mama Jean. California no era lo que deseaba oír.

Tal vez, pensó, lo que él había estado pensando era como lo que Crab había estado soñando, sólo sueños de prisión. Había estado pensando, desde aquel momento en el vestíbulo de su casa cuando lo viera por primera vez, escenas de familia y de un hogar, que tal vez algo mágico iba a suceder. No sería el caminar juntos hacia la puesta del sol. Sería acerca de él y Crab juntos, compartiendo algo especial que no podrían olvidar nunca.

Crab se detuvo delante de él y se arrodilló. Estaba mirando algo en el barro. Jimmy se acercó y se paró junto a él para ver qué estaba haciendo. Era sólo una lombriz, larga y roja. Crab pasó un dedo por debajo del gusano, lo empujó hacia arriba y observó cómo trataba de ocultarse otra vez. Jimmy creyó que Crab dejaría tranquila a la lombriz, pero nuevamente metió el dedo en el barro y la levantó. Jimmy observó a Crab, de rodillas en el barro. Desvió la mirada, manteniendo a Crab en su mente más cerca de lo que había estado nunca; pensó en sus manos oscuras, los dedos más anchos en las puntas que en el medio, las uñas amarillentas y dobladas, hundiéndose en el barro.

—Cuando éramos chicos, solíamos venir aquí después de una fuerte lluvia y llenar una lata con estas lombrices —dijo Crab—. Entonces las usábamos para pescar.

—¿Pescaban muchos peces? —preguntó Jimmy.

—No aquí —dijo Crab—. Había que ir al río para pescar realmente algo. Pescábamos aquí porque estábamos aquí, no porque pudiéramos pescar algo que valiese la pena.

—¿Usted quiere volver a Nueva York? —inquirió Jimmy—. Podríamos vivir con Mama Jean.

—¿Cuánto tiempo crees que les llevaría ir a buscarme allá? —replicó Crab en tono airado.

—¿Qué vamos a hacer entonces? —preguntó Jimmy, tratando de evitar que se le quebrara la voz—. No podemos seguir así, de un lugar para otro, tomando carros y otras cosas.

—Dame una oportunidad —dijo Crab—. Estoy tratando de pensar en algo.

No. Las lágrimas quemaron los ojos de Jimmy y rompieron la ardiente claridad del día en un millar de luces borrosas que danzaron trémulas frente a él. Oyó a Crab diciendo algo acerca de que tenía que ser fuerte, que debía tranquilizarse. Jimmy comenzó a decir que trataría, pero las palabras se le atragantaron y surgieron como un débil barboteo. El momento de fijar a Crab en su mente había pasado, sentía que se le escapaba. Miró a Crab, escudriñando su silueta irreal, oscura contra los resecos juncos amarillos y el distante cielo blanco, y buscó a alguien que amaba, y todo lo que vio fue la oscuridad del hombre, la mano extendida, el rostro rígido y la grieta aún más rígida que era la silenciosa boca abierta. Empezó a alejarse. Sintió la mano de Crab en el hombro y levantó bruscamente el brazo, sacudiendo el hombro hasta desasirse. Se alejó rápidamente, internándose en la hierba alta que producía chasquidos al golpearle las piernas.

—¡Jimmy! ¡Jimmy! —llamó Crab—. ¡Hombre, no seas así!

Jimmy dio vuelta la cabeza y vio a Crab caminando presurosamente tras él con la mano extendida.

—¡Jimmy!

—Da lo mismo que no haya matado a nadie

—dijo Jimmy—. Si de todos modos va a robar dinero, o tarjetas de crédito, u otra cosa. Eso no está bien tampoco. ¡Qué no haya matado a nadie no lo hace una buena persona!

—Sí, me hace. Sí, me hace. —Crab tomó la cara de Jimmy entre sus manos—. ¿Da lo mismo que eso sea todo lo que tengo? ¿Qué otra cosa me queda? No puedo decir que nunca he robado. No puedo decir que sea un santo. No puedo decir que haya tenido alguna vez un buen trabajo.

Jimmy rechazó las manos de Crab.

—Entonces, no diga nada —dijo, dándose vuelta—. Solamente, sea usted lo que es y déjeme ser lo que soy.

—Tengo que decirte algo, hijo —dijo Crab en voz baja—. Tú eres todo lo que tengo en este mundo que signifique algo para mí. Si tú no puedes significar nada para mí, entonces no tengo razón de ser.

—¿Para eso fue que me trajo aquí? —replicó Jimmy—. ¿Todo este camino desde la casa de Mama Jean? ¿Para encontrar algún significado en su vida?

Una multitud de mosquitos revoloteó en la cara de Crab y éste los espantó con las manos.

—Quería que me escucharas —dijo Crab, alzando la voz—. Quería que me escucharas y oyeras quizás algo que deseabas oír.

—Entonces diga lo que tiene que decir —dijo

Jimmy—. Miró a Crab en la cara. Vio las lágrimas que le bajaban por las oscuras mejillas, lágrimas que se mezclaban con sudor y hacían brillar su mentón—. Vamos, dígalo.

Permanecieron enfrentados. Crab, levantando las manos y buscando las palabras que creía saber de memoria. Jimmy, estudiando su rostro en busca del significado que habría detrás de lo que iba a decir, sabiendo que no podría confiar en nada que fuera solamente palabras.

—¿Qué hay de malo en que no encuentre las palabras? —preguntó Crab—. ¿No puedo sencillamente ser tu padre?

—¡Usted ni siquiera sabe cómo ser un padre! —exclamó Jimmy.

Las palabras brotaron atropelladamente de Jimmy en un arrebato de ira que le hizo alzar los brazos y apretar los puños con furia ciega, y aun mientras la furia hervía en su interior, vio a través de ella la verdad clara y desnuda de que Crab no sabía realmente cómo ser un padre, y ésa era la terrible verdad que ambos conocían.

—Aquí viene la hija de la señora Mackenzie —advirtió Crab, rompiendo la tensión.

Sus ojos se fijaron un momento en el rostro de Jimmy, y luego en el suelo. Jimmy se dio vuelta y vio a la muchacha corriendo hacia ellos. Se volvió y dio un paso hacia Crab.

—¿Por qué no se arregla un poco? —dijo.

Crab se secó la cara con la camisa. Jimmy lo miró, luego alargó la mano y le tocó la cara donde estaba manchada por las lágrimas y el moco. Crab se limpió la mancha con la camisa.

—Iré a California con usted, si quiere —dijo Jimmy, tratando de hablar rápidamente—. Quizás usted pueda encontrar trabajo allá. Quizá encuentre un trabajo yo también.

—California está muy lejos —dijo Crab—. Muy lejos.

La muchacha llegó hasta ellos, dejando de correr al acercarse y caminando los últimos pasos. Jimmy notó que su pequeño busto palpitaba contra la blusa de color oscuro que llevaba, levantando el encaje de la parte superior.

—El señor Rydell volvió a la casa —dijo ella. Le habló a Crab, pero mirando a Jimmy con el rabillo del ojo—. Vino también otro carro, con hombres blancos en él. Mamá me dijo que le avisara.

—¿Le dijo a Rydell dónde estaba yo?

—Le dijo que no sabía —contestó la muchacha—. Luego me pidió que viniera a avisarle dando un rodeo para que no me siguieran.

Crab levantó los ojos al cielo y exhaló lentamente. La muchacha lo miró, después a Jimmy, como si esperara una respuesta. Sus ojos de color ámbar reflejaron la luminosidad del sol y cambiaron para siempre la manera en que Jimmy pensaría en su madre. Las comisuras de la boca de Jesse formaron una sonrisa que duró sólo un latido del corazón; luego dio media vuelta y se fue.

—¿Quiénes son los otros hombres? —preguntó Jimmy.

—No lo sé —dijo Crab—. La señora Mackenzie debió pensar que era la policía, o no hubiera mandado a la muchacha.

—¿Qué va a hacer ahora?

—Iré hasta el cruce de ferrocarril —dijo Crab—. Tal vez encuentre un tren de carga que vaya hacia el oeste. Necesito un poco de tiempo para pensar. Dame tiempo para subir a un tren de carga, después vete a casa de la señora Mackenzie. ¿Tienes suficiente dinero para volver a casa de Mama Jean?

Jimmy apartó la vista de Crab.

—¿Quieres venir conmigo hasta el cruce? —preguntó Crab, señalando con la barbilla.

—¿Eso es todo? —preguntó Jimmy—. ¿Qué vaya con usted hasta el cruce?

—Quizá se nos ocurra algo —dijo Crab.

—¿Cómo qué?

Crab no tenía una respuesta.

El calor del día los agobiaba, los envolvía desde los hombros empujando hacia la tierra que iba endureciéndose a medida que se alejaban del riachuelo en dirección al cruce. El calor hizo aminorar el paso de Jimmy, hasta que su marcha siguió con vacilación el ritmo de Crab. Quería detenerse, olvidar adonde iba, olvidarlo todo excepto la búsqueda de una explicación para esos momentos.

Tuvo deseos de crecer, de convertirse en un hombre, de tener una mente en la que hallara respuestas a las preguntas que bullían en su propia mente. No miró a Crab, pero sabía que él estaba allí por la tirantez del silencio de alambre de púa tendido entre ellos. El corazón le latía aceleradamente, como si hubiera estado corriendo, y se sentía como si realmente hubiese estado corriendo, corriendo para atrapar la sombra de lo que pudo haber sido.

—No se ve como antes —dijo Crab cuando llegaron al cruce.

—¿Qué cosa?

—Parece más grande —dijo Crab—. La tierra que había sido blanda y negra cerca del río era ahora dura y más clara. Estaba cubierta por una hierba basta que crecía casi hasta la cintura y se extendía desde la pequeña elevación que acababan de atravesar hasta el cruce mismo—. Esos edificios no estaban allí la última vez . . .

La última vez que estuviera allí, estaba pensando Crab, había sido mucho tiempo atrás. Aquellos edificios bajos, con sus techos ondulados, no habían estado allí, como tampoco las enormes grúas que se alzaban como gigantescos insectos mecánicos del otro lado de la torre de agua.

—Tengo que irme —dijo Crab.

—Entonces váyase —respondió Jimmy. Había

tanta rabia como angustia en su garganta, suficiente para ahogarlo y hacerle rechazar cualquier sueño que pudiera haber tenido alguna vez.

Entonces váyase. ¿Qué otra cosa podía decir? No había tiempo suficiente, o espacio suficiente, para realizar los sueños de prisión de ambos.

Jimmy sintió la mano de Crab apretándole el hombro, sus dedos demorándose un instante más que la palma, luego soltándolo mientras Jimmy alzaba el hombro como respuesta.

Váyase.

Fijó la mirada en el suelo, y la levantó después hacia el hombre que caminaba alejándose de su vida. Observó los movimientos espasmódicos de sus hombros y supo que tenía las piernas rígidas. Recordó las aspirinas y por un momento pensó en correr tras él para recordarle que comprara algunas tan pronto como pudiera. El momento pasó.

Y entonces vio aparecer el carro por detrás de la grúa. Se detuvo y descendieron dos hombres, uno de cada lado. Uno de ellos vestía uniforme; el otro, ropas de civil.

Jimmy miró en la dirección de Crab. Él también los había visto. Estaba parado sin moverse, observándolos. Uno de los hombres fue lentamente al asiento trasero y sacó una escopeta por la ventanilla. Luego hicieron señas con la mano a Crab.

Crab se volvió y echó a correr. Los dos hombres subieron al carro y éste avanzó por el campo en pos de él.

—¡Crab! —gritó Jimmy—. ¡Cuidado!

Jimmy sintió que corría, no hacia Crab sino en la misma dirección, moviendo los brazos de la misma manera que los movía Crab. El carro de policía cubrió la distancia y se interpuso entre Crab y el cruce. Crab dobló, desapareció por un momento en la alta hierba, luego reapareció, corriendo en dirección al riachuelo. Los dos hombres se habían bajado del carro y corrían ahora hacia él. Entonces, tan rápidamente como había corrido y saltado entre la hierba, Crab se detuvo.

Los policías se detuvieron también y lo miraron. El que portaba la escopeta la alzó y los ojos de Jimmy saltaron hacia Crab. Éste se hallaba cerca de un poste de alumbrado, doblado sobre sí mismo, con manos y rodillas en el suelo, el pecho palpitando por la agitación.

—¡Tiéndete en el suelo con las manos en la nuca! —vociferó el policía armado con la escopeta.

Crab alzó la cabeza y miró a Jimmy. Éste le indicó con la mano que se tendiera en el suelo antes que el policía le disparara. Crab se enderezó, se apoyó contra el poste, y agitó la mano.

Jimmy no estaba seguro si Crab le había hecho

la seña a él o al policía, pero empezó a acercarse. El policía lo miró, y luego a Crab. Éste estaba tosiendo, sosteniéndose en el poste. Cuando llegó a él ya estaba tendido en el suelo, con las piernas encogidas contra el pecho, los brazos temblorosos.

—¡Tiéndete en el suelo con él! —ordenó a Jimmy el más corpulento de los dos policías.

—¡No! ¡Es sólo un chico! —dijo el otro mientras se aproximaba y miraba a Crab. Se inclinó y tocó ligeramente los bolsillos de Crab; seguidamente se enderezó y comenzó a hablar en el radio que llevaba.

Crab estaba tratando de protegerse la cara del sol. Jimmy le estudió las facciones. Expresaban calma mientras Crab se daba vuelta y trataba de estirar las piernas.

—Oye, muchacho —Respiró hondo antes de proseguir—. Lo siento.

—Lo sé, papá —dijo Jimmy—. Lo sé.

Una paloma vino a posarse en el borde de la ventana, agitó las alas dos veces y finalmente se asentó en un rincón del marco. La ventana estaba cerrada y lo único que Jimmy alcanzaba a ver desde donde estaba sentado era otro pabellón del hospital. Crab yacía en cama con la pierna derecha doblada bajo la sábana de modo que la rodilla parecía la cumbre de una pequeña montaña. Jimmy había visto al policía poner las esposas en el tobillo izquierdo de Crab y asegurarlas al pie de la cama. Crab tenía los ojos cerrados. No era que estuviese dormido, sino que parecía medio inconsciente de lo que ocurría a su alrededor. A veces cambiaba de posición las piernas, estirando la derecha o moviendo la izquierda contra la cadena.

—Tenemos pavo y puré de papas —El asistente negro depositó en la mesita de cama la bandeja que traía y echó una mirada a Jimmy—.

—¿Te gustan los helados? Tenemos helado y gelatina.

El policía examinó el contenido de la bandeja y dijo al asistente que retirara el cuchillo.

—¿Cómo va a cortar el pavo? —preguntó el asistente, y salió.

—¿No oyó lo que le dije? —El policía siguió al asistente fuera del cuarto.

Jimmy tenía hambre. No había comido durante ese tiempo, desde que vinieran del cruce ferroviario, donde los policías habían metido a Crab en el asiento trasero del carro patrullero para traerlo al hospital. Contempló el puré de papas, formó con él una pila e hizo un hueco en el medio.

Era la comida de Crab. El puré, el pavo, la crema de maíz y el helado de Crab. El platillo de ensalada de frutas y la bebida en el vaso de papel eran también de Crab.

Era domingo. La señora Mackenzie y Jesse habían estado allí un rato antes, marchándose luego para ir a la iglesia y prometiendo volver.

—Voy a rezar por él —había dicho la señora Mackenzie—. Lo que Dios no puede hacer no vale la pena intentarlo. Recuerda eso. Volveremos antes de la noche, tan pronto como el señor Logan pueda traernos.

Jimmy había asentido con la cabeza, diciéndoles que no se preocuparan por él. Poco después de haberse ido ellas, Crab había despertado con dolor. Había mirado a su alrededor, estudiando el cuarto, y tratando de decir algo a Jimmy, pero se conformó con una inclinación de cabeza. Estaba tratando de comprender qué le estaba sucediendo. Tenía insertado un tubo en el costado para drenar líquido de sus pulmones, y la máquina zumbaba suavemente en un rincón. Con la cabeza había señalado la máquina, y Jimmy repitió lo que le dijera la enfermera.

—Llama a la enfermera —había pedido Crab.

Jimmy pensó que Crab no quería tener conectada la máquina, o el tubo que iba por debajo de las vendas y entraba en su costado, pero cuando vino la enfermera Crab le dijo que no soportaba el dolor. Ella se fue sin decir nada, pero regresó con dos píldoras y un vaso de agua.

Crab comenzó a hablarle después de un tiempo, moviendo los labios de una manera rara, de modo que parecían demasiado finos como para cubrirle los dientes.

—Tienes que ser . . . tú sabes . . . ser bueno y todo lo demás —le dijo—. No debes vivir como . . . en fin, a veces las cosas no salen bien y . . . —su voz se fue apagando.

—¿Por qué no descansa un poco? —dijo Jimmy.

—Entonces a veces te da por pensar —continuó Crab— que las cosas son de una manera o de otra. Eso es lo que. . . si vas al centro de la ciudad . . .

Jimmy vio que Crab entrecerraba los ojos y sintió palpitar su propio pecho. Había dejado el cuarto e ido al puesto de enfermeras, tratando de dominar el pánico, de no correr.

—Actúa de un modo extraño —había dicho.

La enfermera lo había seguido de regreso al cuarto y el policía de guardia había dejado a un lado su revista para entrar con ellos. La enfermera levantó la muñeca de Crab y le tomó el pulso.

—Está durmiendo, nada más —dijo ella—. Necesita dormir.

Lo que Jimmy se dijo a sí mismo fue que esperaba que volviese la señora Mackenzie. La imaginó rezando en la iglesia. Aplastó el puré y dejó el tenedor junto al plato. En el borde de la ventana, la paloma seguía acurrucada en el rincón, con las plumas abultadas, la cabeza hundida en su pecho henchido.

Crab exhaló un suspiro profundo y Jimmy se volvió hacia él. Luego fue a su lado cuando lo vio moverse y le tomó la mano. Crab abrió los ojos, sólo por un instante, y su boca se distendió en lo que podía haber sido una sonrisa. Jimmy sonrió también, aun cuando la calidez que por un momento iluminara el rostro de Crab había desaparecido.

—¿Cómo se siente? —le preguntó Jimmy.

Crab estaba quieto otra vez; su mano, fláccida en la de Jimmy. Éste contempló la cabeza color de tierra marrón contra la almohada blanca, el rostro que había perdido su color, la boca ligeramente abierta, los ojos casi cerrados, pero no tanto que no pudiera verse el oscuro borde redondeado de las pupilas.

—¿Crab? —llamó—. ¿Crab?

Esta vez no fue por el pasillo hasta el puesto de enfermeras, sino que esperó a que ella mirase en su dirección y lo viera.

La enfermera echó un vistazo breve, luego suspiró y se alejó por el corredor. El policía estaba consultando la sección comercial de la guía telefónica. Cuando la enfermera regresó por el pasillo, tocó a Jimmy en el hombro y le dijo que podía esperar en la oficina del doctor, si así lo deseaba.

Llovió el día del funeral. La ceremonia se llevó a cabo en una iglesia llamada New Bethel y después habían recorrido un corto trecho hasta un pequeño cementerio donde las sepulturas estaban dispuestas en hileras irregulares, y todos se sentaron en sillas de madera mientras una mujer corpulenta cantaba "Adorado Sea El Señor". Le había hablado por teléfono a Mama Jean, pero ella no podía venir; había gastado todo su dinero en el boleto para que Jimmy pudiera regresar a Nueva York.

—Lo siento mucho, hijo —le había dicho ella—. De verdad que lo siento.

Más tarde, la señora Mackenzie y Jesse fueron con él en el carro del señor Logan a la estación de ferrocarril. Todo el mundo le dijo cuánto lo lamentaban. Jesse le preguntó si volvería alguna vez a Marion, y él dijo que no.

—Eso es lo que pensé —dijo ella.

Durante todo el viaje en tren, de regreso a casa, Jimmy no dejó de pensar en aquel momento en el hospital cuando Crab se había movido y pareció haberle sonreído. Jimmy deseaba que hubiera sido una sonrisa motivada por algo que habían compartido, por haber estado juntos durante aquellos últimos momentos. Pero, a veces, cuando el tren pasaba velozmente por pequeñas poblaciones, cuyas casas se agrupaban alrededor de la estación, le asaltaba el temor de que Crab no había estado sonriendo, sino riéndose de su inquietud porque él era un niño y Crab era un hombre. Los pensamientos de Jimmy vacilaban entre la sonrisa y la risa. No habría sido tan malo que, habiendo notado una vez más cuán joven era Jimmy, Crab se hubiese reído lo mejor que pudo antes de que la muerte lo tomara desprevenido. Pero habría sido mejor si hubiese sido una sonrisa.

Jimmy consideró la idea de tener un hijo. Parecía una cosa muy lejana, algo que nunca podría suceder, pero que de alguna manera sucedería. Pensó acerca de lo que haría con el niño si fuese un varón. No sabría mucho en cuanto a conseguir dinero para alimentarlo o a las cosas que debería enseñarle excepto a ser bueno y no meterse en líos. Pero le contaría todos los secretos que conocía, mirándolo directamente a los ojos y diciéndole siempre nada más que la verdad, de modo que cada vez que estuviesen juntos supieran cosas el uno del otro. Así, habría entre ellos una conexión, algo que estaría allí aun cuando no estuviesen juntos. Él sabría exactamente en qué se parecería a su hijo y en qué serían diferentes, y en dónde sus almas se encontrarían y en dónde no. Sabía que, de tener alguna vez un hijo, tendría que hacer todo eso enseguida, y siempre, porque tarde o temprano no quedarían días suficientes para entender su significado.

Cuando descendió del tren miró a su alrededor buscando a Mama Jean, aunque ella le había dicho que estaría trabajando. Subió por la escalera mecánica al vestíbulo de la estación Pennsylvania, atravesó una multitud de hombres de negocios y se dirigió a otra puerta pasando por la oficina de información. Un hombre alto y calvo dejó caer su maletín, que se abrió desparramando papeles por el piso de baldosas. Jimmy se detuvo a observar cómo el hombre recogía los papeles, los metía de nuevo en el maletín y seguía presurosamente su marcha.

Había chicos parados en torno a un carro deportivo, y Jimmy miró el reloj para ver si no deberían estar en la escuela. Revisó sus bolsillos, encontró el dinero de la ficha para viajar, y se dirigió al metro, y a casa.